Début d'une série de documents
en couleur

(TYPOGRAPHIE)

CENTIMES

60

COLLECTION
FRIVOLE

L'HÉRITIER DES MONLARDON

ROMAN
PARISIEN

par

OCTAVE
PRADELS

Publications
Littéraires Illustrées
13, RUE THÉRÈSE
Paris

N° 3

Il paraît un volume au commencement de chaque mois.

Imp. Michels fils, rue d'Alexandrie, 6, 8 et 10. ❦ ❦ ❦ Paris. ❦ ❦ ❦

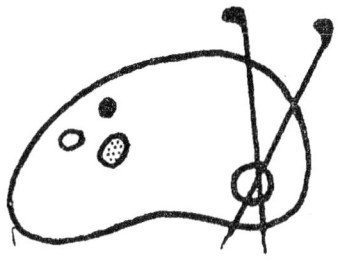

Fin d'une série de documents
en couleur

(TYPOGRAPHIE)

OCTAVE PRADELS

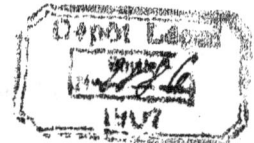

L'HÉRITIER DES MONLARDON

ROMAN PARISIEN

PARIS

PUBLICATIONS LITTÉRAIRES ILLUSTRÉES

13, RUE THÉRÈSE, 13

L'HÉRITIER DES MONLARDON

CHAPITRE PREMIER

*Préambule dont l'auteur aurait pu se dispenser s'il l'avait voulu...
mais il ne l'a pas voulu.*

Minuit sonnait à Saint-Germain-l'Auxerrois !...

Ce préambule, peu banal, suffit déjà pour convaincre mes aimables lecteurs et mes toutes gracieuses lectrices que ce qui va suivre n'est pas un tissu d'inventions mensongères, de fantaisies invraisemblables, et je les préviens que les policiers et les escarpes en sont rigoureusement écartés. J'en demande pardon à ma concierge ; je lui revaudrai ça bientôt.

Ce n'est pas non plus un de ces romans psychologiques, une de ces études de mœurs où l'auteur, l'encrier plein de documents, le scalp à la main, fouille les crânes et les cœurs de ses personnages, les disséquant jusqu'à la moelle, et, poussant à l'extrême l'art de peindre les choses *vécues*, rend à ses concitoyens le service contestable de les dégoûter de l'humanité.

Je ne veux pas imiter ces élégiaques chantant lamentablement leurs désespérances et leurs amertumes et qui, pendant que vous videz toutes vos lacrymales sur leurs illusions perdues, mangent tranquillement leur rosbif saignant en mijotant quelques nouveaux : *Elans d'outre tombe*.

C'est ce clan de saules pleureurs en papier peint qui a fait dire à un chansonnier de mes plus intimes :

> Foin des poètes éplorés
> Qui chantent, le regard aux nues,
> Des maux qu'ils n'ont pas endurés
> Et des souffrances inconnues.

Non, ce simple récit n'a la prétention que de vous montrer les conséquences terribles et folichonnes à la fois, qui peuvent résulter d'un ménage mal assorti, d'une digestion laborieuse, d'un rêve exubérant, et surtout d'une scène conjugale et nocturne.

Mais n'anticipons pas.

Minuit sonnait...

Pourtant, non, si je commence par là, vous ne serez pas assez au courant des habitudes et des passions de mes héros, pour comprendre, de prime abord, le tableau saisissant que je vais dérouler à vos yeux avides d'horreurs.

Voilà pourtant ce que c'est que de n'avoir pas fait un plan, un scénario, du drame que je vais vous narrer.

Mais le pouvais-je, puisque dans ce récit, où la fantaisie n'entre pour rien, je n'ai à raconter que la vérité nue, mais nue à rendre des points à maman Eve, dont la feuille de vigne n'a jamais existé que dans l'imagination lubrique des révérends pères, qui ont toujours éprouvé le besoin de penser au-dessous des choses.

Avec un plan, un scénario établis, la besogne devient facile ; on sait à quel moment il faut tirer la ficelle pour faire mouvoir le pantin n° 2, et quand l'heure a sonné de sortir le poignard de famille ou le vitriol rongeur qui tranchent la situation en même temps que l'existence du traître abhorré par les cuisinières et les concierges, fidèles acheteuses du numéro à cinq centimes.

Mais moi, dont le papier écolier n'est nullement préparé, je me contente de vous narrer, avec toute la candeur dont je suis capable, l'aventure singulière et rare dont est sorti l'héritier des Monlardon.

Je commence donc par vous photographier les deux héros principaux de cette histoire, les époux Monlardon, avant de vous faire arriver à l'incident extraordinaire qui...

Mais n'anticipons pas.

CHAPITRE II

M. Eusèbe Monlardon.

A tout seigneur tout honneur.

Commençons donc par le bipède mâle, que la loi des hommes fait le chef de la communauté, et que sa compagne maligne fait ce qu'elle veut, le menant avec aisance et facilité où il lui plaît, par la pompe cartilagineuse reniflante et refoulante dont la nature goguenarde a obstrué son visage.

Eusèbe Monlardon, était né, cinquante ans en arrière, de parents gantiers, mais honnêtes, qui avaient amassé pas mal de rentes, en fournissant les gens bien nés qui éprouvent le besoin de torturer leurs phalanges et d'emprunter la peau des bêtes pour cacher la leur.

Heureusement pour Eusèbe que ses auteurs étaient riches, car s'il lui avait fallu gagner son pain et pourvoir aux vils et agréables besoins de l'existence, il n'en aurait jamais été capable.

Il était trop dormeur !...

A sa venue au monde, sa première manifestation ne fut pas un vagissement, mais un ronflement.

Sa mère avait du lait, à en revendre au jardin d'Acclimatation, mais comme on était des gens *conséquents*, elle prit une nourrice pour Eusèbe, lequel dormit en tétant pendant les dix-huit mois de l'allaitement.

On le sevra sans peine, il ne s'en aperçut pas : il dormait.

On le mit à l'école.

Ses parents, dont il était le fils unique, rêvaient pour lui la carrière d'avocat qui mène à tout, mais à dix-huit ans, après avoir dormi sur toutes les leçons des professeurs, il en était arrivé, en mathématiques, à ne pas savoir faire une multiplication, en géographie à placer le Mississipi en Hollande et il eût été absolument ahuri, si on lui avait affirmé que Louis-Philippe n'était pas le fils de Charles X.

A vingt ans, il tira au sort et amena un bon numéro. Il pesait alors cent vingt kilos.

Il avait une face vermeille, et ronde à damer le pion à la lune. A trente pas de lui, on ne voyait rien qu'une grosse boule qui se mouvait lentement; à cinq pas, on percevait deux petits

trous qui semblaient être des yeux, une saillie en trompette qui devait être un nez et une grosse ligne rouge qui simulait une bouche. Le tout perdu dans une masse gélatineuse où se confondaient front, joues et menton.

Deux oreilles microscopiques et une centaine de cheveux

éparpillés sur l'occiput, complétaient la sphère que Monlardon, pour dire comme tout le monde, appelait sa tête.

Pas de cou ; un ventre qui commençait sous le menton et finissait, après avoir décrit une courbe majestueuse, au milieu des cuisses. Dès l'âge de dix-huit ans, il ne connaissait de ses pieds que ce qu'il en entendait dire par son bottier ; il ne pouvait plus les apercevoir.

Ses parents, ayant perdu l'espoir d'en faire un avocat, avaient pris le parti de le laisser engraisser et dormir à sa guise. D'ailleurs ils l'adoraient, ne le voyaient pas comme tout le monde et répétaient avec orgueil à tous ceux qui s'arrêtaient, les yeux ébaubis, devant le jeune mastodonte : « N'est-ce pas qu'il *profite* bien, Eusèbe ? »

Un beau jour il se sentit une vocation.

Il acheta tous les engins imaginables, cannes, lignes, hameçons perfectionnés ; il remplit d'asticots et de vers de vase les tiroirs de la maison, et un matin, armé de pied en cap, le chef couvert d'un panama gigantesque, il partit, beau d'ardeur, et suant à flots déjà, s'installa au pont Notre-Dame.

Une heure après, on le ramenait quasi asphyxié à la maison paternelle. Il s'était endormi, debout, après cinq minutes d'agaceries inutiles faites à l'unique goujon de la Seine qui se trouvait ce matin-là en balade du côté de Grenelle, puis il avait roulé dans le fleuve qui, n'avait pu arriver à l'engloutir, car sa graisse le rendait insubmersible.

On l'avait repêché. En revenant à lui, il se jura de ne plus rien faire et il se tint religieusement parole.

Il avait trente ans, quand son père et sa mère, à six mois d'intervalle, prirent le parti d'aller tailler des peaux dans un monde meilleur.

Eusèbe les pleura convenablement et se trouva fort désorienté, malgré les quinze mille francs de rentes dont il héritait, en restant seul, obligé de penser à sa cuisine, à son habillement, à son linge, maintenant qu'il n'avait plus sa mère pour le soigner ; sa mère, dont la tendresse aveugle voyait toujours Zézèbe en bas âge.

Eusèbe n'avait jamais connu l'amour ; il avait bien eu par ci, par là, des velléités d'aimer, mais comme généralement il s'endormait en déclarant sa flamme, à part les conversations réalistes à la portée de tous, aucune passion n'était entrée sous sa mamelle gauche, et le viscère à qui — je ne sais pourquoi — on attribue la faculté de contenir nos douleurs et nos joies, n'avait jamais eu d'autre occupation chez notre héros que de s'entourer de graisse et de vaquer méthodiquement à ses fonctions de régulateur de la circulation sanguine.

Vers l'âge de quarante ans, Eusèbe s'étant dit maintes fois en s'éveillant, comme Fontenelle, qu'une femme peut avoir un bon côté, ouvrit une oreille complaisante aux offres qui lui furent faites d'épouser Anastasie Billentoc, qui avait vingt ans de moins que lui, dix mille francs de dot, une laideur inappréciable encore grâce à ses vingt ans, et plus de mère.

Après deux entrevues, pendant lesquelles Eusèbe résista héroïquement au sommeil, l'affaire fut bâclée et les deux époux reçurent à Saint-Sulpice la bénédiction et les conseils du curé. Eusèbe perçut la bénédiction, mais quant aux conseils, il était plongé en ce moment-là dans une béatitude d'où ne le réveilla qu'un pinçon discret de sa chaste moitié.

Que voulez-vous, il n'avait pas dormi à la mairie.

CHAPITRE III

Madame Monlardon, née Anastasie Billentoc.

Anastasie Billentoc avait été élevée par une tante bigote qui dépensait la moitié de son existence dans les confessionnaux de Saint-Sulpice et partageait l'autre moitié entre les soins donnés à Moumoute, son chat, et l'éducation de sa nièce.

Anastasie avait passé son enfance et son adolescence à marmotter des prières dont elle ne comprenait pas le sens puisqu'elles étaient en latin, et à piocher la vie des saints, seule lecture que la tante Zéphire lui permît.

Jusqu'à l'âge de dix-huit ans, tout alla bien, mais alors Anastasie, dont l'intelligence s'éveillait de plus en plus, commença de sentir s'agiter en elle des petits démons malins qui travaillèrent son imagination, laquelle ne demandait qu'à travailler.

De la rue Madame, où la tante habitait, jusqu'à Saint-Sulpice, le trajet est court. Elle passait, quand elle était seule, par le jardin du Luxembourg, s'arrêtant, intriguée et palpitante, devant les couples de moineaux effrontés qui ne se gênaient pas de sa présence pour causer à leur guise, et mimer leurs sentiments de façon non équivoque.

Les moineaux, les questions du vicaire au confessionnal et la contemplation furtive de certaines statues du jardin convainquirent peu à peu Anastasie que sa tante ne savait peut-être pas tout quand elle prétendait que les choux étaient des pépinières de bébés.

Elle s'absorba dans des visions, autres que celles de Jeanne d'Arc, et se fabriqua un paradis à elle, où les petits anges bouffis et emplumés étaient remplacés par de solides archanges dont il n'y avait pas que l'épée de flamboyant et qui comprenaient à merveille l'amour de leur *prochaine*.

Elle glissa des regards langoureux vers les jeunes gens qu'elle croisait sur sa route, mais hélas ce fut en pure perte... car j'ai oublié de vous dire qu'Anastasie était laide comme quelques-uns des péchés capitaux.

Elle était maigre, à figurer avantageusement dans une hou-
blonnière. Des yeux assez doux, de couleur vague allant du vert
pomme au gris de fer suivant les sentiments qui les agitaient;
un nez dont feu Hyacinthe eût été jaloux et qui surplombait
au-dessus d'un hiatus gigantesque orné de dents trop longues
et jaune mat.

Sa poitrine rappelait assez fidèlement celle de la sole, ses hanches n'existaient pas et si la mode n'eut heureusement permis le port du petit stratagème d'arrière-garde, on se fût demandé avec anxiété, en voyant Anastasie, sur quoi elle pouvait bien s'asseoir.

Deux ans se passèrent ainsi. Les contemplations plus profondes, les stations plus longues au Luxembourg, quelques visites en catimini dans les musées avaient achevé de mettre la pauvrette dans un tel état volcanique, que sa tante ne put s'empêcher de remarquer les bévues qu'elle commettait journellement; aussi la prit-elle un jour dans un coin et, solennelle, après avoir toussé et caressé Moumoute pour trouver l'éloquence dont elle avait besoin, elle commença :

« Anastasie, rien n'échappe à mes yeux, que le Seigneur dilate à cet effet; tu es lasse de cette situation... les palmes des chérubins t'empêchent de dormir... tu remues toute la nuit sur ta couchette, ce qui prouve que des visions angéliques viennent te hanter... j'ai compris et je comble tes vœux... veux-tu prendre le voile ? »

Malgré elle, poussée comme par un ressort, inconsciente de ce qu'elle répondait, soulevée par une explosion de tous les orages comprimés dans ce qui lui servait de sein, Anastasie s'écria : J'aime mieux prendre un mari!

Jamais la tête de Méduse ne produisit le quart d'effet sur les malheureux qui la fixèrent, que cette simple phrase n'en fit sur tante Zéphire.

Elle se dressa d'un bond... leva les bras au ciel... ouvrit la bouche pour maudire l'impudique... fit deux pas en avant... trois en arrière... et s'affaissa comme une masse sur Moumoute qui sommeillait sans paraître se soucier de la tragédie qui se jouait.

Moumoute poussa un cri... il était écrasé! tante Zéphire exhala un soupir... elle était morte !

Et ces deux âmes allèrent rejoindre celles de la mère Michel et de son chat dans des limbes inconnues.

Anastasie hérita des dix mille francs de la tante Zéphire, alla habiter chez une cousine mariée à un brave homme d'employé et passa son deuil à lire tous les livres qui composaient leur modeste bibliothèque, c'est-à-dire la *Morale en actions, Georgette,* de Paul de Kock, la *Cuisinière bourgeoise, Paul et Virginie,* les *Mystères de Paris,* d'Eugène Süe, et la *Clef des songes.*

Cette *olla podrida* littéraire acheva d'exciter sa soif de l'inconnu et ce fut avec une joie, pas dissimulée du tout, qu'elle accepta de se débarrasser de son capital de dix mille francs et de son ingénuité au profit d'Eusèbe Monlardon.

Le mariage se fit... (Voir le chapitre précédent.)

CHAPITRE IV

Quinze ans de ménage, ou : Il faut des époux assortis dans les liens
du mariage. (*Clé du Caveau*, n° 223.)

A minuit, suivant l'usage antique et pas solennel du tout,
les nouveaux époux s'échappèrent de la bande festinante et,
au galop de deux coursiers peu impatients mais stimulés par
un cocher fortement éméché, ils arrivèrent à l'appartement
qu'Eusèbe avait loué pour abriter sa nouvelle existence, rue de
l'Arbre-Sec, 98.

En historien impartial, rendons cette justice à Monlardon
qu'il parvint, pendant toute la durée du trajet, à vaincre le
sommeil qui l'envahissait. Et même, quand ils se trouvèrent
seuls, enfin! dans le nid capitonné où la pendule dorée marquait minuit et demi, l'œil d'Eusèbe exprimait une si parfaite
conviction du caractère sacerdotal qu'il revêtait qu'Anastasie
murmura, rougissante et troublée : « Il est plus beau que je
ne le croyais! »

Hélas! quand Monlardon se hissa dans le lit où, pelotonnée
dans un coin et presque invisible à l'œil nu, attendait, palpitante, la victime du devoir, il n'eut que la force de bégayer :
« Anastasie, cette nuit est le plus beau jour de ma vie! »... Et
il s'endormit profondément.

A l'aube, il dormait toujours et, près de lui, Anastasie, l'œil
hagard, fixé sur la silhouette ventripotente qui montait et descendait comme un soufflet de forge, se demandait si c'était ça
le mariage et, rassemblant dans sa tête toutes les idées pré-
conçues sur le fonctionnement de cette institution, arrivait à
la conclusion désespérante qu'elle était volée comme dans un
bois.

Eusèbe se réveilla la tête lourde et, oubliant tout à fait sa
nouvelle situation, étendit brusquement le bras pour s'étirer.
Son bras droit rencontra le nez prodigieux d'Anastasie, qui
poussa un hurlement de douleur.

Eusèbe, remis par ce léger incident au courant de la position, se confondit en excuses, et honteux de sa conduite, fit des prodiges d'éloquence pour se faire pardonner.

Anastasie, reprise d'un vague espoir, sécha ses larmes et les gouttelettes de sang qui perlaient à son organe nasal meurtri; puis, souriant à Eusèbe qui suppliait, elle soupira : « Oui, mais vous me jurez... »

Halte-là! N'oublions pas que ce livre peut devenir classique et orner la bibliothèque du Sacré-Cœur. Jetons un voile épais sur ce qu'il advint ce matin-là dans la chambre à coucher de la rue de l'Arbre-Sec et... continuons.

A onze heures, Eusèbe se leva radieux et passa son pantalon de l'air satisfait d'un homme qui se sent à la hauteur de sa mission et qui n'a rien à se reprocher.

Une demi-heure après, Anastasie recouvrait la grâce de ses charmes d'un peignoir rose et, s'asseyant au coin du feu, seule, s'abîmait dans un océan de réflexions, la bouche plissée amèrement comme si tout un idéal rêvé et couvé depuis long- temps s'écroulait pour elle.

Elle était dans l'état de ces gens à qui l'on parle sans cesse des beautés d'une ville à eux inconnue; qui s'en font une idée phénoménale et la revêtent de toutes les splendeurs de leur imagination et puis qui, le jour où ils peuvent aller contem- pler la cité promise, tombent de leur haut et s'écrient : « Ce n'est que ça! »

Anastasie Billentoc, femme Monlardon, se disait aussi : « Ce n'est que ça! »

Les jours succédèrent aux jours, les nuits aux nuits; Mon- lardon engraissa et dormit de plus en plus, n'entendant pas les soupirs nocturnes d'Anastasie et comprenant encore moins les reproches amers que lançaient les yeux furibonds de son épouse incomprise.

Elle maigrissait encore. Sa poitrine avait maintenant des vallons, là où autrefois il y avait des plaines, que d'habiles demi-sphères en caoutchouc transformaient en mamelons. Les os de ses épaules pointaient à travers l'étoffe et la paille des chaises se coupait sous les fémurs aiguisés qu'elle y reposait.

Un feu intérieur desséchait Anastasie et Eusèbe n'était pas le pompier capable de l'éteindre.

Un flot de pensées coupables envahit d'abord le cerveau de l'épouse délaissée; elle se plongea avec ivresse dans tous les romans où l'adultère règne en maître. Elle s'initia aux ruses des femmes criminelles, aux subtilités et aux mensonges des amants; elle rêva des amours prohibées par la loi et, après avoir dévoré trois ou quatre cents romans, acheté quinze sous par jour de journaux à 5 centimes — ce qui, à trois feuilletons pour un sou lui faisait quarante-cinq feuilletons — elle se sen- tit à point pour devenir coupable et s'écria un matin, avec un geste tragique, devant la photographie d'Eusèbe : « Et toi aussi, tu le seras! »

Alors, devenant coquette, accumulant chiffons sur caoutchouc, coton sur tournures, elle se fit outrageusement rondelette et alla, l'après-midi, se promener aux Champs-Elysées et aux Tuileries, tremblante comme toute néophyte, mais fermement résolue à écouter les propos, voire même les propositions, dont les beaux promeneurs allaient emplir ses oreilles.

Peines perdues!... Anastasie n'avait pu agrémenter sa figure comme le reste et chaque fois qu'un galant la suivait et qu'éperdue elle l'entendait déjà lui murmurer ces mots inconnus dont elle avait soif, il arrivait infailliblement qu'après l'avoir dévisagée, le mal appris balbutiait : « Pardon, madame... je me suis... trompé... j'ai cru que c'était... ma tante... » ou autre phrase du même genre.

Si bien qu'au bout de six mois de flirtage aux moineaux, Anastasie lâcha tous les adultères des rez-de-chaussée quotidiens, abandonna le genre et, s'abonnant à raison de dix francs par an, absorba tous les romans de cape et d'épée que la première moitié du XIXe siècle a produits.

Ne pouvant s'offrir la réalité, elle se forgea un idéal qui ne la quitta plus, et vécut avec lui dans un amour qui n'avait rien d'éthéré, mais qui n'offrait aucun danger pour le front d'Eusèbe, lequel ne s'était jamais douté de la tempête effroyable qui battait les parois du crâne de sa moitié.

Et Anastasie souriait le jour et faisait des mamours la' nuit sous les rideaux, à dix pouces de son conjoint ronflant, à cet idéal qui portait des bottes éperonnées, frisait des crocs redoutables sur ses lèvres et — répondant au nom longtemps cherché d'Alcindor, — possédait la bravoure de d'Artagnan, la grâce d'Aramis, la noblesse d'Athos et les biceps de Porthos.

Pendant les quinze ans qui s'écoulèrent, du mariage au jour où commence cette histoire, il était arrivé deux ou trois fois à Monlardon de se souhaiter un héritier ; chaque fois, Anastasie avait répondu, — en haussant dédaigneusement les épaules, et en femme versée dans les Écritures : — « L'Ange Gabriel ne se dérangera pas pour vous. »

Monlardon n'avait pas compris. Donc, quinze ans s'étaient écoulés sans événements marquants dans la vie de nos deux époux, mais avec la scène quotidienne faite par Anastasie à son mari à qui elle reprochait sa froideur et son ventre.

Eusèbe avait cinquante-cinq ans et Anastasie trente-cinq.

CHAPITRE V

Où il est prouvé que le mari et la femme doivent être tous deux endormis
ou tous deux éveillés, la nuit, sous peine de ne pas être d'accord.

Minuit sonnait à Saint-Germain-l'Auxerrois. La rue de
l'Arbre-Sec était tranquille ; le numéro 98, notamment, paraissait plongé dans le silence le plus complet.

Au deuxième étage de cette maison, une veilleuse éclairait
faiblement la chambre à coucher où les époux Monlardon repo-
saient côte à côte, ainsi qu'il sied à d'honnêtes bourgeois,
mais dans un état d'esprit bien différent.

Eusèbe ronflait avec la sonorité impétueuse d'un tuyau
d'orgue, et derrière lui, dans l'ombre produite par son abdomen démesuré, se perdait la silhouette anguleuse d'Anastasie
qui veillait, l'œil plongé dans les rideaux, l'esprit troublé par
la vision de l'Idéal.

Parfois, le regard de Mme Monlardon descendait du ciel de
lit, où voltigeait l'être chimérique auquel elle donnait son âme
et le reste, et retombait sur la réalité représentée par Eusèbe.
Alors, ce regard se faisait sarcastique ; un rictus dédaigneux
plissait les lèvres minces d'Anastasie, elle s'agitait dans un
coin en poussant des soupirs énormes, se retournait, se recro-
quevillait, s'allongeait, sans parvenir pourtant à troubler la
sérénité du formidable ronfleur.

Le diable, qui prend un malin plaisir à se fourrer dans le
corps des épouses incomprises, excita de telle façon notre
héroïne qu'elle fit un bond involontaire, irraisonné, et, dans
ce brusque mouvement, son genou, pointu à pouvoir remplacer
la mèche d'un vilebrequin, porta en plein dans le... dans la
partie extraordinairement charnue qu'Eusèbe présentait inno-
cemment aux coups du malin Esprit.

Monlardon poussa un cri de douleur et tout en hurlant : Au
voleur ! A l'assassin ! se précipita hors du lit, suivi par sa

femme, laquelle ne sachant ce qui arrivait, se mit à crier comme lui : Au voleur ! A l'assassin !

Les deux époux, blottis dans les draperies des fenêtres, grelottants, n'osant plus crier, de peur d'exciter les assaillants invisibles, restèrent ainsi pendant dix minutes, claquant des dents, les yeux égarés, et livrés à des terreurs folles.

Pourtant, Anastasie, reprenant peu à peu son sang-froid, se hasarda à demander à mi-voix :

— Où sont-ils ?

— Qui ?... répondit l'organe apeuré de Monlardon.

— Les voleurs ?... les assassins ?

— Je ne sais pas... Ils étaient dans le lit.

— Dans le lit... qui ?

— Les assassins... il y en a un qui m'a donné un coup de sabre.

— Un coup de sabre ?... tu as rêvé... fit Anastasie en quittant l'abri des rideaux et se hasardant au milieu de la chambre, où la suivit Monlardon, dont les jambes flageolaient.

Mⁿᵉ Monlardon, bravement, s'avança vers le lit, souleva les couvertures, secoua les rideaux et, furieuse, cria à son mari, qui suivait tous ses mouvements avec des yeux encore écarquillés par l'effroi :

— Quand on fait des rêves aussi bêtes que ça, on couche à part.

— Mais, poupoule, je t'assure que j'ai reçu...

— Un coup de sabre ?... Allons donc ! C'est dans ton imagination que tu l'as reçu.

— Non, c'est dans... ici...

Et avec l'impudeur de l'innocence, soulevant le pan de sa chemise, il essaya inutilement d'atteindre avec le doigt la place où le genou d'Anastasie s'était imprimé ; peine perdue, il avait le bras trop court, et, d'ailleurs, son épouse, peu tentée par la vue de l'énormité mise à nu, s'était refourrée dans le lit en grommelant des mots peu flatteurs pour l'amour-propre de son seigneur et maître, si celui-ci avait été capable de les entendre.

Monlardon, à demi rassuré, rentra sous les draps, et voici ce que, deux minutes après, aurait pu entendre le Diable boiteux :

MADAME, *rageuse.*

Si ce n'est pas honteux de faire geler les gens à cette heure-ci.

MONSIEUR, *suppliant.*

Mais, poupoule, je te jure que j'ai cru...

MADAME, *haussant les os.*

Cru... quoi ?... vous êtes fou !...

MONSIEUR.

Mais non, puisque ça me fait encore mal... là... je suis sûr
que la marque y est. Tiens ! donne ta main...

MADAME, *dédaigneuse.*

Merci ! Je m'en rapporte à vous.

MONSIEUR.

Tu sais bien que je n'ai pas l'habitude de te réveiller la
nuit.

MADAME, *soupirant.*

Hélas !

MONSIEUR, *étonné.*

Pourquoi hélas? Tu aimerais mieux être réveillée, toi?

MADAME, *hargneuse.*

Vous ne pouvez pas me comprendre ; ça dépasse la portée
de votre intelligence.

MONSIEUR, *vexé.*

Ah ! mais, dis donc, tu n'es pas polie, sais-tu?

MADAME, *levant les yeux et les mains au ciel... de lit.*

Oh ! ma mère !

MONSIEUR.

Tu ne l'as pas connue, ta mère.

MADAME, *avec explosion.*

Penser que le ciel permet qu'une femme comme moi, acces-
sible à tous les purs sentiments de l'âme, capable des transports
les plus ardents du cœur et qui semblerait vouée par sa nature
poétique à une existence sans nuages, n'ait pour lot ici-bas
qu'une vie insipide passée entre le pot-au-feu et un homme
envahi par la graisse !

MONSIEUR, *songeur et qui n'a pas écouté.*

Je crois que c'est les haricots rouges d'hier soir. Chaque fois que j'en mange, ça me fait rêver de catastrophes.

MADAME, *exaspérée.*

Il ne m'écoute même pas ! Et non seulement vous ne comprenez rien au cœur d'une femme, mais vous êtes poltron comme...

MONSIEUR, *sévère.*

Achève...

MADAME.

Comme... je ne sais pas, puisqu'il n'y a rien d'aussi poltron que vous. Un homme ! c'est dégoûtant !

MONSIEUR, *digne.*

Oublies-tu que j'ai failli être de la garde nationale en 1870 ?

MADAME, *raillant.*

Quel beau soldat vous auriez fait ! On aurait pouffé de rire en voyant vos charmes sous l'uniforme.

MONSIEUR, *vexé.*

Madame Monlardon, tu m'embêtes à la fin !

MADAME, *bondissant sous les draps.*

C'est ça ! joignez l'insolence à l'indifférence... insultez une faible femme.

MONSIEUR, *se montant.*

Mais c'est toi... nom d'un chien !

MADAME, *criant.*

Il jure comme un charretier, maintenant ! Si ce n'est pas une horreur ! m'insulter ainsi ! *perdant la tête.* Vous n'oseriez pas, s'il était là !

MONSIEUR

Qui ?

MADAME, *affolée.*

Alcindor.

MONSIEUR

Alcindor ?... Qu'est-ce que c'est que ça ?

MADAME, *se reprenant.*

Rien.

MONSIEUR, *essayant de se soulever.*

Alcindor ?... est-ce que, par hasard ? *retombant sur sa couche et riant.* Ah ! non... que je suis bête !

MADAME

Je ne vous le fais pas dire... vous êtes de l'avis de tout le monde.

MONSIEUR, *soupçonneux.*

Au fait... qui ça Alcindor ?

MADAME

Ça ne vous regarde pas.

MONSIEUR, *parvenant à se mettre sur son séant.*

Ah ! mais ! ah ! mais !... si, ça me regarde... Je veux savoir...

MADAME, *ricànant.*

Vous voulez ?... ah ! que vous êtes drôle en disant ça.

MONSIEUR, *énergique.*

Oui, je veux... sachez madame qu'un Monlardon ne permettra jamais à un autre de venir patauger dans ses plates-bandes.

MADAME, *heureuse de la tournure que prend la scène et feignant la crainte.*

Seriez-vous jaloux ?... dans ce cas j'aurais eu tort... je n'ai pas réfléchi...

MONSIEUR, *se montant.*

Je ne suis pas jaloux... il n'y a pas de quoi ! mais je ne vous permettrai jamais d'attenter à la dignité dont la loi m'a investi, et je veux savoir quelle communauté d'intérêts il peut y avoir entre celle qui malheureusement est ma légitime et ce propre à rien d'Alcindor.

MADAME, *vexée pour son idéal.*

Propre à rien vous-même !

MONSIEUR, *lui saisissant le bras.*

Taisez-vous ! Avouez... vous avez un amant... Alcindor ?

MADAME, *soupirant.*

Hélas ! non.

MONSIEUR, *lui serrant les doigts.*

Ah ! il ne l'est pas encore !... tant mieux pour vous et pour lui.

MADAME

Aïe... vous me faites mal !... Il me bat à présent ! A moi ! au secours !

MONSIEUR, *lâchant le bras d'Anastasie.*

Tu es folle !...

MADAME, *criant.*

Il m'a battue ! — le monstre ! au secours ! aïe ! aïe !

MONSIEUR, *lui mettant la main sur la bouche.*

Mais tais-toi donc, tu vas réveiller la maison.

MADAME

Il veut m'étouffer ! à moi !... *elle a une crise de nerfs.*

MONSIEUR

Bon ! ça y est !... voyons ! poupoule... calme-toi !... j'ai eu tort... je ne le ferai plus... Elle ne revient pas à elle... c'est ça qui va être amusant... au lieu de dormir... je serai malade demain. *Il se lève, va au buffet, prend un verre, le remplit d'eau, y met deux morceaux de sucre, mêle le tout avec une cuiller, arrive près du lit et, distrait, avale l'eau sucrée, puis se recouche en disant à Anastasie qui se calme :* Là... ça t'a fait du bien, hein?... Voyons, dormons!... demain je te mènerai au Jardin des Plantes... tu boudes encore? Moi je meurs de sommeil... bonne nuit, poupoule.

MADAME, se dressant à demi, lentement, les lèvres serrées.

Monsieur Monlardon, vous êtes un lâche! *elle lui tourne brusquement le dos et s'enfonce dans la ruelle.*

MONSIEUR, exaspéré.

Ah! mais!... ça va recommencer!... est-ce que tu me prends pour... *Anastasie fait semblant de ronfler,* tiens! elle dort... *bâillant.* Est-il permis de faire des scènes à cette heure-ci, quand on a toute la journée pour ça... je tombe de fatigue... lâche!... lâche?... moi qui ai failli être garde national... oser dire... *il ferme les yeux...* lâche!... si j'osais, je lui prouve-rais... lâche! *il s'endort et ronfle bientôt à grand gosier.*

MADAME, s'endormant aussi.

Alcindor!... j'ai révélé ton existence à mon bourreau. Oh! viens me remercier dans un rêve!... je te livre sa tête... ne la ménage pas... Oh! viens... Alcindor... Al... cin... dor...

CHAPITRE VI

L'amour au bois. — La fête de Saint-Cloud. — Le ballon
« L'Audacieux ». — Un héros.

Le soleil resplendit et fait étinceler les flots clairs de la Seine comme s'ils étaient saupoudrés de paillettes d'argent.

Les bateaux à vapeur arrivent, l'un après l'autre, bondés de passagers, qui bien que tassés comme des harengs dans un tonneau, lancent à tous les échos les refrains du jour et débarquent, exubérants de gaieté, avides de dépenser la provision d'ardeur amassée pendant les six jours de la semaine.

Car c'est dimanche et la fête de Saint-Cloud.

D'aucuns, venus dès le matin, dégringolent du bois où ils ont consommé dans les buissons des tas de charcuterie et des flots de petit bleu.

Deux par deux, ils arrivent, bras dessus, bras dessous, les commis et les *employées* (jadis les grisettes) ; ils se becquètent le long des sentiers et les yeux alanguis, les joues empourprées de quelques couples, accusent déjà plus d'un acompte pris sur les joyeusetés du retour à la nuit.

La belle Nature leur sourit et ils sourient à la belle Nature.

Pour les jeunes hommes, joyeux de vivre un jour sur sept, le bois ensoleillé et fleuri repose du Grand Livre où ils ont aligné des hiéroglyphes pour le compte de leurs patrons, et des comptoirs où ils ont dit quelques milliers de fois, et toujours le sourire sur les lèvres, le traditionnel : « Et avec ça ? madame ? »

Et les pauvres fillettes, obligées de rester debout, qu'il y ait clients ou non, de par la loi barbare qui régit les grands magasins de Paris, remplacent avec ivresse le mètre par le mirliton et se grisent de cette volupté : S'asseoir à sa guise... et dans l'herbe encore !

Plus d'une robe s'accroche aux buissons, plus d'un chapeau s'envole par-dessus les taillis et plus d'une amoureuse, dont c'est la première sortie avec l'amoureux, a dans les yeux cette ravissante expression d'étonnement ingénu que Greuze a mise dans ceux de la fillette à la *Cruche cassée*. Bast ! C'est l'amour, et son complice le Printemps, qui font des leurs et qui, enne-mis-nés des notaires et des institutions légales régissant la matière, incendient les cœurs et incitent les cerveaux, épris de liberté, à n'avoir pour loi que celle de la bonne et simple Nature.

Que les vieilles filles qui n'ont jamais pu, que les matrones qui ne peuvent plus, jettent l'anathème aux amoureux prati-quants ; moi je suis d'avis que ceux-ci ont raison ; que l'occa-sion perdue ne se retrouve jamais et que chaque fantaisie exé-cutée à deux en plein soleil, n'ayant pour témoins que le soleil bleu, les taillis verts et les oiseaux qui ne vous ont pas attendu pour commencer, je dis que chaque symphonie exécutée dans ces belles conditions est un hymne de reconnaissance chanté au Créateur.

Vous me répondrez que ma morale est par trop facile, et M. Prudhomme, plus jésuite au fond que les ensoutanés, va défendre à ses fils la lecture de ce volume et regretter qu'on ne puisse plus le brûler en place de Grève, en compagnie de son auteur.

Veux-tu bien te taire, vieux ronchon !

Est-ce que tu t'en privais il y a quarante ans de ça, et ne sont-ce pas les plus doux souvenirs qui rafraîchissent ton cœur réduit à l'état de datte sèche, que ceux qui te reportent au temps où tu faisais ton droit ou ton métier d'employé, en collabo-ration le dimanche avec la grisette qui te donnait tout sans compter, son âme et son corps, et qui ne te demandait, en échange, que de lui faire connaître l'amour, cette seule raison d'être de la jeunesse !

Et dans ton œil vieilli qui s'émerillonne à ces souvenirs égrillards, quand il passe un nuage ; lorsque dans ton esprit qui se rappelle les moindres incidents des joyeusetés envolées, un regret surgit : est-ce d'avoir suborné quelque âme juvénile de demoiselle de magasin ou d'avoir abusé de la candeur d'une innocente modiste? Que non! et tu formules tous tes regrets, tous tes remords dans cette phrase, murmurée entre les lèvres avec une amertume sincère :

« Quelle belle occasion j'ai ratée ce jour-là. » — Mais revenons à nos moutons, c'est-à-dire à la fête qui bat son plein.

La foule assiège les boutiques où se dressent les nonnettes appétissantes, les nougats et les berlingots ; on se dispute les planchettes qui contiennent les numéros, grâce auxquels, moyennant dix centimes, on peut avoir la veine de gagner un coquetier d'un sou ; les billards lilliputiens, qui offrent les mêmes chances de gain, sont garnis de paysans et d'ouvriers endimanchés, heureux de faire admirer leur adresse à leurs épouses et qui, généralement, envoient la bille quasi-sphérique par de là les bandes et carambolent au milieu de la vaisselle destinée aux vainqueurs.

Plus loin c'est le fameux lapin qu'on peut gagner en abattant deux quilles. La marchande m'a avoué, en me faisant jurer de ne pas le répéter, que depuis vingt ans qu'elle exerce ce métier de poseuse de lapins, aucun de ces rongeurs domestiques ne lui a été enlevé que par les fluxions de poitrine, attrapées pendant les longs soirs glacials de l'hiver, où ils paradent sur la planche à côté d'un trognon de choux.

Puis c'étaient les marchands de coco, avec leurs fontaines tintinnabulantes, luisantes à s'y mirer, et suivis par la clientèle habituelle de collégiens et de gavroches ; les marchands de mirlitons et de cornets en carton colorié imitant tous les instruments de torture en usage chez Lamoureux et Colonne, et dévalisés par les couples retour du bois, ou arrivant de Paris.

Un tintamarre étourdissant produit par vingt orchestres, jouant chacun un air différent, vous entrait dans les oreilles, affolait vos tympans, à la hauteur du bassin autour et au delà duquel s'alignaient les éternelles baraques où les phénomènes, les athlètes, les chiromanciennes, les phoques savants, les géantes, les nains, les dompteurs attiraient la foule.

On se bousculait pour voir Marseille et ses lutteurs dont la musculature disparaît trop sous la graisse ; athlètes bedonnants qui ne font guère pâlir les hercules dont le ciseau grec nous a conservé les formes admirables.

On se repaissait de l'immuable boniment, lancé par un organe enroué à travers le porte-voix légendaire ; les gants sales passaient au-dessus des têtes, réclamés par les *Comtois,* toujours les mêmes, qui *tombent* et se font *tomber* à raison de six francs par jour. Et les badauds d'écouter, bouche bée, les engueulades entre lutteurs de l'estrade et compères de la foule, et de se pousser, de se hisser, pour pénétrer dans l'enceinte où *la lutte romaine* promettait d'être émouvante, à preuve qu'un pari de vingt francs avait été offert et tenu par les adversaires, et le louis déposé entre les mains d'un militaire, fier de cette confiance et d'autant plus heureux qu'il ne payait pas son entrée.

Les dompteurs refusaient du monde. La foule s'étouffait devant les cages ; on payait vingt sous, dix sous et quatre sous pour voir de plus ou moins près les fauves bâiller, impassibles, dédaigneux, et qui se vengeaient du public en lui envoyant leurs odeurs âcres et pénétrantes. Le belluaire faisait travailler ses pensionnaires qui bondissaient à travers les cerceaux comme de simples caniches ; le fouet du maître leur arrachait des rugissements d'indignation, et les spectateurs, les spectatrices surtout, poussaient des petits cris d'émotion quand l'animal faisait mine de vouloir avaler le dompteur, ce qui, d'ailleurs, est l'imprévu sur lequel chacun compte, sans oser se l'avouer hautement.

Les Fatmas tunisiennes ou batignollaises ne chômaient pas d'admirateurs, non plus que les femmes géantes, à qui les collégiens au-dessus de seize ans et les vieux beaux au-dessus de soixante venaient palper le mollet, mesurant 90 centimètres de circonférence, et s'assurer que ce n'était pas en toc.

Les chevaux de bois, — dont la plupart sont des sirènes, des lions, des éléphants et des animaux fantastiques — les chevaux de bois gémissaient sous une foule de cavaliers des deux sexes ; ceux du sexe fort, fiers de montrer leur adresse à enfiler les anneaux ; ceux du sexe gracieux, pas fâchés de permettre au vent, produit par le mouvement rotatoire, de soulever leurs jupes et de laisser voir des naissances de jambes, fines et rondes à souhait pour *allumer* la galerie.

Parmi les plus chauds amateurs de ces exercices équestres, se faisaient remarquer quelques soldats de la ligne, heureux de permuter enfin dans la cavalerie. Ils serraient convulsivement des genoux les flancs des coursiers rigides, et l'œil étincelant de ces Bidoches semblait dire, quand il tombait sur un dragon quelconque, simple spectateur dans la foule :

« Que si nous voudrons, nous sons aussi des cavaliers comme les ceusses qu'a des éperons et qui fait leur tête à cause de ça. »

Mais la masse du public s'était portée principalement dans un grand espace libre où des piquets, fichés en terre et reliés par des cordes, maintenaient à une distance raisonnable les bonnes gens qui voulaient s'offrir gratis le spectacle d'une ascension aérostatique.

En effet, le ballon « l'Aventurier » devait s'élever dans les airs, emportant le célèbre Grippevent, aéronaute de plusieurs Cours étrangères, et décoré à tire-larigot par les susdites.

Et si la vue assez banale d'une ascension avait amené tant de curieux ce jour-là, c'est que l'affiche multicolore qui tapissait les murs et les arbres de Saint-Cloud portait ces lignes au sens vague et alléchant : « Par extraordinaire, et pour cette fois seulement, le ballon s'élèvera dans les airs, portant suspendu à vingt mètres au-dessous de la nacelle, Sulpice, dont le poids excède cent cinquante kilos. »

Il était midi moins dix, et l'ascension était annoncée pour midi précis.

Le ballon se gonflait lentement; sa coupole s'élevait graduellement sous la pression du gaz que lui insufflaient les appareils où il se fabriquait; il avait déjà la forme d'une énorme cornue et les aides de l'aéronaute amarraient la nacelle, y rangeaient le lest, l'ancre, le guiderope et des provisions comme pour un voyage au long cours.

Le ballon était gonflé... Midi sonna à l'église... Un frémissement courut sous to s les épidermes quand on vit apparaître Grippevent, calme et souriant, suivi d'une charrette traînée à bras par deux hommes et portant une grande caisse en bois jaune, ornementée de ferrements d'acier. Grippevent s'inclina sans modestie, comme il sied à un homme qui va voir ses concitoyens à ses pieds, et bien petits, dans quelques instants, fit quelques pas vers la nacelle et l'enjambait déjà quand la foule hurla, comme un seul manifestant :

« Et Sulpice ? »

Puis cinq mille voix reprirent en chœur :

C'est Sulpic'! Sulpic'! Sulpice!
C'est Sulpice qu'il nous faut !
Oh! oh! oh! oh!

Grippevent, d'un geste souverain, arrêta ces torrents d'harmonie et, majestueux, l'index de la main droite étendu vers l'horizon, la main gauche à plat sur son ventre, comme s'il faisait appel à sa conscience, il dit :

— Gens de Saint-Cloud, de Paris et d'ailleurs... vous connaissez mal Grippevent, dit le *Sondeur des nues !* Ce qu'il a promis, il le tient. Sa parole vaut des obligations du Crédit foncier et sa signature de l'or en lingots. J'ai promis Sulpice, je donnerai Sulpice. Il n'est pas fier et je vais vous présenter à lui.

Puis se tournant vers les préposés à la caisse jaune.

— Sortez Sulpice !

Un éclat de rire homérique fit tressauter les bedons, alignés en cercle autour de l'aérostat; un esclaffement général, spontané, irrésistible, s'empara de tous, en voyant sortir lentement, sans enthousiasme, mais sans regrets, Sulpice, lequel était un magnifique cochon rose, au ventre traînant sur l'herbe, aux petits pieds, vacillant sous les cent cinquante kilos qu'ils soutenaient, à la face rubiconde et goguenarde, encadrée dans un triple bourrelet de graisse où disparaissaient ses oreilles même, et qui portait un cordon de poils jaunes tout le long de sa truculente échine, laquelle se terminait par un tire-bouchon mignon et plus rosé encore qui lui servait de queue.

Sulpice fut amené près de la nacelle ; on lui passa sous le ventre des énormes courroies qui en comprimèrent toute la largeur et on les attacha à un trapèze, déjà arrimé au ballon.

Sulpice ne résistait pas ; on devinait que cet exercice lui était familier, et en admirant cet embonpoint superbe, plus d'une femme maigre répondait au reproche muet de son mari :

— Si tu me faisais plus souvent prendre l'air... vois comme ça lui profite à lui...

Grippevent commanda : « Attention ! » Puis, levant une jambe et la plaçant dans la nacelle, il allait faire la même opération pour la seconde, quand soudain on le vit pâlir, porter ses deux mains à son ventre... serrer les jambes, comme s'il avait voulu résister à une pression d'ordre intérieur... ébahie et il murmura : « J'ai trop mangé de pruneaux ! »

Puis prenant sa course comme un fou, il fendit la foule et se précipita vers le bois, suivi par les gamins qui criaient : « Arrêtez-le ! »

Mais on arrête plus facilement le vent qu'un aéronaute travaillé par les pruneaux, et la bande qui le poursuivait était encore au bas de la montée que Grippevent, éperdu, livrait déjà aux échos de Ville-d'Avray le secret du mal qui tenaillait ses flancs.

Une rumeur grossissante portait à tous les coins de la fête, le récit de l'incident, qui se dénaturait en raison directe de l'éloignement.

Au bout de la foire, on disait que l'aéronaute s'était suicidé d'un coup de revolver; sur le bateau qui revenait de Paris on affirmait que le ballon avait éclaté, tuant l'aéronaute, et que la chute de Sulpice avait broyé six spectateurs, dont une femme enceinte et deux cuirassiers; au Point-du-Jour, un monsieur *qui en revenait*, racontait triomphalement que trois cents personnes avaient été écrasées sous ses yeux dans la bagarre qui s'était produite lorsque l'aéronaute avait mis le feu à son cochon chargé de dynamite; et le soir, *la Vérité pure*, journal conservateur et sérieux publiait, sans aucunes réserves, que d'après son reporter envoyé spécialement sur les lieux, un mascaret s'était produit sur la Seine, à la hauteur de Puteaux et, renversant tout sur son passage, avait submergé Saint-Cloud jusqu'à la gare du chemin de fer, emporté toute la foire, et que la Seine était couverte, de Sèvres au Point-du-Jour, de millions de nonnettes et de mirlitons qui entravaient absolument la marche des *Hirondelles*.

Les braves gens restés autour de l'aérostat gonflé, commençaient à se plaindre amèrement, et les non-payants, qui avaient profité de la bagarre pour escalader les cordes, réclamaient à cors et à cris qu'on rendît l'argent, lorsque Grippevent reparut... mais dans quel état! Livide, se traînant à peine, sentant dans son sein renaître le désarroi de tout à l'heure.

Il s'affala sur le rebord de la nacelle et contenant de ses deux mains son abdomen en révolution, il murmura d'une voix éteinte :

« Je ne peux pas partir. »

Ces paroles, répétées par les spectateurs les plus proches, coururent dans la foule, et le désappointement provoquant l'exaspération, un cri général retentit :

« Qu'il parte, ou qu'il rende l'argent! »

— Jamais!... allait répondre Grippevent, atteint dans ce qu'il avait de plus cher, l'amour de la recette, mais sa voix s'éteignit, ses yeux s'ouvrirent démesurés et reprenant sa course folle, refendant la foule encore plus ébahie, allégé par le premier résultat obtenu, il s'envola plutôt qu'il ne courut vers les taillis du bois propices aux épanchements solitaires.

Les spectateurs rendus furieux allaient mettre le ballon en pièces, et menaçants, parlaient de faire un mauvais parti à l'innocent Sulpice qui sommeillait à côté du ballon, lorsqu'une voix sonore retentit :

« Je partirai à sa place. »

Les rangs s'écartèrent, **un** homme s'**avança** l'air triomphant, caressa de la **main** Sulpice qui ouvrit avec effort un de ses petits yeux et **sauta dans la nacelle**!

Cet homme, c'était Eusèbe Monlardon qui, faisant taire les protestations, **prononça** d'une **voix** assurée ce speech mémorable :

« Je vais remplacer ce filou d'aéronaute, oui mes amis. Je me moque des dangers comme d'une guigne, car je suis Eusèbe Monlardon, et j'ai failli être garde national en 1870. Allez dire à ma femme que je ne suis pas un lâche comme elle a osé l'insinuer à mes voisins et à moi-même, mais un homme à poil dont la postérité honorera la mémoire.

— « Bravo! » clamèrent dix mille voix, bravo l'amateur!

— Et maintenant, lâchez tout! commanda notre héros, comme s'il n'avait fait que ça toute sa vie.

On lâcha tout, mais le ballon, après s'être élevé de quelques mètres s'arrêta, retenu par le poids de Sulpice auquel la secousse fit pousser un grognement de douleur.

C'est qu'Eusèbe pesait trois fois autant que le malheureux Grippevent et le calcul de la charge était à refaire.

« Détachez le cochon ! cria Monlardon.

— Non ! non ! — cria la foule, — le cochon doit partir aussi.

— Soit ! — répondit Eusèbe et il allégea la nacelle de quelques sacs de lest qui s'éparpillèrent dans les yeux des spectateurs.

Le ballon commença de monter lentement. Monlardon, debout sur le rebord de la nacelle, la main gauche aux cordages et la droite agitant son chapeau, beau d'héroïsme, et au-dessous Sulpice, grognant sourdement, les quatre pattes pendantes, inerte, dédaigneux de la foule, en cochon habitué à planer ; spectacle inoubliable qui fit retentir d'applaudissements les bords fleuris de la Seine et déserter toutes les baraques de la foire en un clin d'œil.

Et Monlardon, saluant, et Sulpice somnolant, montaient toujours, s'enfonçant dans l'espace où bientôt ils ne furent plus qu'un point inappréciable.

CHAPITRE VII

Dans l'infini. — Dangers que court Sulpice. — Amitié! bienfait des Dieux!
La maison militaire de Monlardon. — Descente à Simopolis.

Le ballon volait rapide, à travers l'espace, et Monlardon
contemplait avec une sérénité olympienne l'éther radieux et
les rares nuages, éblouissants de blancheur, qui couraient à
mille mètres au-dessous de lui.

Il lui semblait n'avoir jamais vécu ailleurs que dans l'infini;
son œil et son esprit, agrandis par une puissance mystérieuse,
percevaient des splendeurs insoupçonnées; la terre, malgré
l'éloignement, lui livrait tous les détails de ses mesquines réa-
lités dont il souriait, méprisant.

Il emplissait ses vastes poumons de bon air libre et parfumé
que la rue de l'Arbre-Sec lui avait toujours mesuré avec par-
cimonie. Anastasie ne lui apparaissait que comme un souvenir
désagréable et lointain, dont une nouvelle vie le séparait à
jamais, et pourtant cette phrase revenait sans cesse à ses lèvres :
« Un lâche, moi?... un Monlardon lâche?... qu'elle ose venir
me le dire à présent. »

Peu à peu la terre s'enfonça, disparut, l'espace bleu seul
ouvrit son champ immesuré aux spéculations fabuleuses qui
dilataient le cerveau de Monlardon. Il aperçut distinctement
les mondes inouïs dont l'infini est semé. Un orgueil immense
l'emplissait; il se sentait grossir, devenir énorme, lumineux ;
il redressait sa taille et le ballon au-dessus de sa tête se trans-
formait en une tiare gigantesque.

Il se sentait devenir Dieu !

Un soupir long et déchirant qui monta jusqu'à lui, coupa
court aux projets impies et téméraires de son âme hallucinée ;
il daigna regarder d'où venait ce gémissement et son regard
tomba, miséricordieux, sur Sulpice balancé au bout de la corde
et entouré d'une bande d'oiseaux de proie dont l'intention
manifeste était de s'offrir son lard appétissant.

Ce cochon rappela l'humanité à Monlardon.

Avec cette intuition de tout, cette compréhension immédiate
dont une puissance surnaturelle l'avait doué depuis qu'il avait

2

quitté le plancher des almées des Folies-Bergère, Eusèbe saisit la corde et comme s'il s'était agi d'un simple colis postal, ramena dans la nacelle le pauvre Sulpice.

Il était temps, le bec d'un aigle avait déjà enlevé deux centimètres de couenne rosée, dans le plantureux arrière-train de l'aéronaute malgré lui.

L'œil du cochon fixa celui de l'homme et il était rempli d'une si profonde gratitude, d'une si affectueuse reconnaissance qu'Eusèbe sentit immédiatement qu'entre Sulpice et lui c'était à la vie à la mort et qu'une amitié étroite allait lier leurs destinées.

La fusion psychique de ces deux êtres gras venait d'avoir lieu.

Qui pénétrera jamais les desseins de la Providence !

Dès lors une conversation muette, mais éloquente s'établit entre eux. Eusèbe devinait les plus subtiles pensées de Sulpice, et Sulpice prêtant une oreille attentive aux paroles d'Eusèbe, approuvait ou désapprouvait suivant que son libre arbitre le jugeait bon. Pour l'approbation, il acquiesçait en roulant ses petits yeux pétillants; pour la désapprobation, il agitait vivement le tire-bouchon rose qui lui servait d'appendice caudal.

Pends-toi, abbé de l'Epée, tu n'as pas pensé à cette mimique.

Au fait, elle eût été embarrassante pour l'homme.

Cette amitié, qui s'établit entre nos deux personnages, fut-elle causée par la similitude de leur conformation physique ? fut-ce l'isolement du restant des humains qui les jeta dans les bras l'un de l'autre, je ne sais, mais jamais amitié ne fut plus soudaine, plus sincère, plus profonde.

Castor et Pollux, Oreste et Pylade, saint Roch et son chien, Chicot et Gorenflot, Bismarck et Crispi, toutes les grandes amitiés légendaires auraient pâli devant la leur. Quant à celle de saint Antoine et de son compagnon, je n'en parle pas, puisqu'il est maintenant prouvé, par les documents les plus officiels, que ce saint trop souvent peinturluré n'a jamais eu qu'une tentation, celle de manger son pauvre cochon, après l'avoir fumé.

De telles pensées n'entraient pas dans l'âme de Monlardon, qui, regardant Sulpice dont le groin reposait sur son genou, se disait : « Il me semble que je n'ai jamais vu que lui... je l'aurai connu dans un autre monde. »

Et l'œil de Sulpice lui répondait :

« Nous avons déjà été frères... au siècle dernier, j'habitais le corps d'un fermier général. »

Juste retour des choses d'ici-bas !

Que cet exemple ne soit pas perdu pour les financiers de notre époque !

Et le ballon courait toujours, et les heures succédaient aux heures.

Mais Monlardon et son cochon semblaient n'avoir plus la notion du temps ni celle de l'appétit. Ils n'avaient ni faim, ni soif, ni envie de dormir.

Ces deux mastodontes, qui ensemble pesaient 300 kilos, étaient immatérialisés par la haute fonction qu'ils occupaient en ce moment, à l'altitude de cinq mille mètres.

Leur œil béat remarquait à peine les pays qui se déroulaient à leurs pieds, les montagnes qui paraissaient des oranges, et quand une grande cité surgissait, un même plissement ironique marquait le coin de leur bouche... pardon !... de leur groin... non... enfin, choisissez.

Chose bizarre !... pour monter ou descendre, Monlardon n'avait qu'à faire un geste : l'aérostat obéissait ; il ne se servait ni de la soupape, ni du lest. Il commandait aux éléments et, sur un signe de lui, une bande d'oies sauvages, qui remontait au nord, s'était arrêtée dans son vol et suivait le ballon comme une escorte.

Et Monlardon disait à Sulpice :

« C'est ma maison militaire. »

Par moments, l'idée de descendre traversait l'idée de Monlardon, mais un frétillement de la queue de Sulpice enrayait cette velléité :

« Tu ne veux pas ? — se contentait de dire notre héros — soit, je ne te contrarierai jamais. »

Car il subissait l'ascendant mystérieux de son copain de voyage ; ce cochon était le Mentor et l'Égérie de cet homme.

Et le ballon courait toujours et les grues le suivaient en ronchonnant à leur manière, car on allait au sud et ça les faisait suer.

Tout à coup, Monlardon fut pris d'un désir impérieux : Revoir Paris, planer sur la ville immense, y descendre en triomphateur, humilier Anastasie et la terrasser d'un regard méprisant.

Le cochon, qui devinait la pensée de l'homme, eut un sourire ironique et son œil malicieux dit clairement : « Il a besoin d'une leçon rabaissant son orgueil, donnons-la lui »

Avec la rapidité de l'éclair, le ballon quitta les régions équatoriales où il se trouvait déjà et revint au-dessus des bords fleuris d'un fleuve que Monlardon n'hésita pas à reconnaître pour la Seine.

Le ballon s'abattit au milieu d'une promenade publique ombragée par des marronniers gigantesques. Monlardon, la main droite passée dans l'ouverture de sa redingote, avait pris une pose napoléonnienne et s'apprêtait à faire son effet sur ceux qu'il croyait ses concitoyens, quand un cri de stupéfaction s'échappa de sa large poitrine.

Il y avait de quoi.

Autour du ballon, grouillant, se poussant, clamant, hurlant, sifflant, riant, s'esclaffant, une foule de singes emplissait la promenade.

« Un homme ! » criaient-ils... et chacun d'eux cherchait à le toucher, à le pincer, à lui tirer les cheveux.

« Il faut le faire danser » demandaient les petits singeots à leurs mères, qui ne pouvaient les contenir qu'en les menaçant de ne pas leur montrer « l'*homme* » s'ils n'étaient pas sages.

Mais le cochon veillait. D'un geste solennel, il écarta la foule et dit simplement : « Cet homme est à moi, que personne n'y touche. »

Et tous les singes s'écartèrent docilement.

Monlardon, hypnotisé, la bouche ouverte démesurément, comme celle d'un crapaud d'un jeu de tonneau, Monlardon, après des efforts prodigieux pour réunir ses mâchoires et faire mouvoir sa langue, put enfin articuler :

— Qu'est-ce que c'est que ça ?

Sulpice sourit, et appelant un vieux singe qui passait, — mis avec une négligence sévère, sentant son membre de l'Institut d'une lieue, — il lui dit :

— Je suis un étranger (le singe s'inclina). J'emmène dans mon pays cet homme qui paraît tout étonné de ce qu'il voit ici. Voudriez-vous condescendre à lui donner quelques renseignements sur votre ville et ses habitants ?

— A un homme ?... jamais !... répondit le savant, en jetant un regard de mépris sur Monlardon.

— Alors, faites-le pour moi, — insista le cochon.

— Pour vous, soit...

— Mais, hasarda timidement Monlardon, je la connais, cette ville, c'est Paris... seulement, je ne m'explique pas...

— Paris ? ricana le singe, Paris !... il se peut qu'aux temps fabuleux, vos aïeux aient ainsi nommé la forêt qui s'élevait ici et où ils gambadaient à leur aise... mais cette ville somptueuse, quintessence de la civilisation, merveille des cités, accumulatrice des sciences, foyer des arts, seconde patrie de tous les singes intelligents de l'Univers, c'est Simopolis.

— Pardon ! balbutia Monlardon, ne faites-vous pas erreur ?

Le singe officiel haussa les épaules, tourna le dos à l'homme et dit au cochon :

— Je veux bien vous donner quelques détails sur les mœurs de notre ville, et sur ses illustres origines... je suis, d'ailleurs, membre de l'Institut, et comme tel, plus apte qu'un autre à vous renseigner.

Et le savant, après avoir soigneusement épousseté le bout de sa queue qui venait d'effleurer le sol, assujettit ses lunettes, toussa, prit un temps et commença :

CHAPITRE VIII

Où il est parlé des habitants de Simopolis anciens et actuels. — Le singe humilie l'homme. — Intervention affectueuse du cochon.

« Simopolis n'a d'abord été qu'un assemblage de huttes habitées par quelques singes sur les habitudes desquels nous ne sommes guère instruits, attendu que la pêche aux goujons et aux ablettes ne leur laissait pas le loisir d'écrire leurs mémoires. D'ailleurs, ils ignoraient pour la plupart la lecture et l'écriture, attendu que l'instruction gratuite et obligatoire n'avait pas encore été décrétée par les singes notables d'alors, et que les petits singeots passaient leur temps à gauler des noix, à déchirer les filets de leurs papas, et à vadrouiller le long des bords fleuris du fleuve qui, en ce temps-là, contenait beaucoup plus d'eau pure, mais infiniment moins de tessons de bouteilles et de macchabées errants qu'aujourd'hui. »

Sur ce, le savant regarda l'effet que son érudition produisait sur son public, changea sa queue de côté, fit une grimace de satisfaction et continua :

« En ce temps de simplicité patriarcale, nos braves aïeux se contentaient de vivre de leur travail et ne se labouraient pas le crâne à chercher midi à quatorze heures, c'est-à-dire que le pourquoi des choses, les effets et les causes de la création, le Moi et le Non Moi, l'infiniment grand et l'infiniment petit les laissaient absolument froids.

Ils ne se doutaient même pas qu'un jour leurs petits neveux se chamailleraient sur la question de savoir si nous descendons des hommes.

Quant à moi, j'admets cette hypothèse que je trouve flatteuse.

N'est-ce pas la preuve que nous avons progressé et que de l'état grossier d'homme où nous étions, par une suite d'améliorations ininterrompues, de sélections intelligentes voulues par la Nature, nous sommes arrivés à cette quasi perfection, que nous étalons d'ailleurs sans la moindre modestie.

Descendre des hommes n'est donc pas humiliant.

Renier son origine, quelque modeste qu'elle soit, est le fait d'un petit esprit ; rougir de ses débuts, celui d'un sot orgueil... J'accepte donc cette souche rudimentaire en contemplant avec joie le bel arbre qui en est sorti et auquel nous avons grimpé lentement, mais sûrement, de siècle en siècle, jusqu'à l'heure présente.

Je me contente de plaindre ces pauvres hommes, nos ancêtres, qui sont restés stationnaires, parias d'une race divine, désignés sans doute par la Nature pour servir de témoins des temps primitifs et rappeler aux singes ce qu'ils furent.

N'est-ce pas votre avis, monsieur ? ajouta le singe en tendant sa patte à Sulpice. Sulpice la lui serra du pied, chaleureusement, en cochon qui abondait dans son sens, mais discrètement aussi, car il craignait de froisser Monlardon.

Il avait tort d'avoir ce scrupule, car Eusèbe, dont la théorie de l'académicien déroutait entièrement les connaissances acquises sur ce sujet, était plongé dans un hébétement qui ne lui permettait pas de remarquer l'approbation évidente que Sulpice laissait éclater dans ses petits yeux, émerillonnés par la curiosité et la satisfaction d'entendre si bien narrer.

« Mais revenons à Simopolis — dit le savant :

Les Simopoliens, pour être de braves gens, ne vivaient pas en quiétude parfaite, loin de là. Ils n'auraient demandé qu'à vieillir en paix, entre leurs filets et leurs singesses, déjà renommées pour leur grâce et leur esprit. La pêche et la procréation eussent suffi à occuper leurs jours et leurs nuits, mais il fallait repousser à tout moment les attaques des hordes barbares qui guignaient de l'œil le territoire de Simopolis et voulaient s'en emparer.

Comme si les ennemis du Sud et de l'Est ne suffisaient pas, voilà que des singes du Nord accoururent les rançonner, les piller périodiquement et les mirent souvent à deux doigts de leur perte. Heureusement que ces barbares jetèrent enfin leur dévolu sur une riche province, au bord de la mer, qu'ils se partagèrent non sans peine, car le partage fit naître entre eux une telle quantité de procès qu'ils n'eurent plus qu'une préoccupation, celle de plaider et de juger.

Cette manie, qui se perpétua chez leurs enfants, dure encore à cette heure et l'on sait que la chicane est invétérée dans le sang des Norsimiens.

Je ne vous redirai pas toutes les tribulations, toutes les misères qu'eurent à subir les pauvres Simopoliens à travers les siècles.

Malgré tous ces malheurs, leur intelligence s'accrut ainsi que leurs connaissances, et rien ne put altérer jamais la bonne humeur et la gaîté dont ils sont dotés dès leur naissance.

Ils ont toujours eu, de par le monde, la réputation d'être les

singes les plus joyeux et les plus éveillés qui existent ; ils n'ont pas changé.

Leurs qualités et leurs défauts sont immenses.

Hospitaliers, ils reçoivent les étrangers à bras ouverts, les portent aux nues, mais ne résistent pas à l'envie de s'en moquer à propos d'un rien, d'un mot de leur langue mal prononcé, par exemple.

Ils haïssent avec la même facilité qu'ils aiment, mais leurs amours et leurs haines ne sont pas de longue durée.

Ils s'éprendront d'un singe qui saura porter crânement un panache éblouissant, cavalcader avec grâce et, séduits sans savoir pourquoi, enthousiasmés sans motif, ils seront prêts à mettre le malin singe à leur tête, à le coiffer même d'une couronne, hier abhorrée, et perdront dans un moment de folie les libertés achetées par des années de sacrifices et des flots de sang.

C'est là surtout que je crois que nous descendons des hommes ; leur manque de logique a laissé des vides dans nos crânes et la place n'est pas près d'être habitée.

Il faut toujours que les Simopoliens crient : Vive quelque chose ! et leur plus grande préoccupation, après avoir mis un des leurs sur le pavois, c'est de l'en précipiter.

— Mais alors, insinua timidement Monlardon, c'est exactement comme...

— Silence ! tonna le singe, on n'interrompt jamais un Simopolien... C'est à monsieur que je m'adresse, d'ailleurs.

Et il tendit de nouveau la patte à Sulpice, dont l'œil paterne intercéda pour Eusèbe.

— Soit ! fit l'irascible membre de l'Institut, j'ai peut-être été dur pour lui... Mais aussi pourquoi a-t-il une si vilaine tête ?

— Ce n'est pas ma faute... murmura Eusèbe.

— C'est juste !... Eh bien ! je vous permets de faire vos observations ; qu'alliez-vous objecter ? quelle bêtise alliez-vous dire ?

— J'ai soif !

Un haussement d'épaules méprisant fut la réponse du Simopolien, qui s'écria :

— Dire que nous descendons de ça !

Une larme d'humiliation perla aux cils de Monlardon ; le cochon la vit et il jugea que le calice était plein puisqu'il commençait à déborder. Il leva la patte et, soudain, tout disparut : Simopolis, ses singes, et le membre de l'Institut.

— Ami, dit Sulpice à Eusèbe, tu as voulu revoir trop tôt ceux que tu croyais tes semblables . quittons ce pays, les singes et les hommes ne peuvent s'entendre ; ils sont trop près les uns des autres sur l'échelle des Etres. Viens chez moi, là-bas sous le soleil, au pays des Cochons-Roses ; nous sommes bons, nous, indulgents à tous, et les comparaisons humiliantes t'y seront épargnées.

CHAPITRE IX

Au pays des Cochons-Roses. — Craintes de Monlardon. — Le palais de
Sulpice. — Le corps de ballet de Porcopolis. — La princesse Tsogaline.
— Métamorphose. — Monlardon va se couvrir de gloire.

Le ballon — qui avait disparu pendant toute la scène pré-
cédente — était venu de lui-même tendre sa nacelle à nos deux
héros. Monlardon n'avait attaché aucune importance à ce
détail.

À mesure qu'il remontait dans l'espace bleu, Eusèbe reprenait
sa sérénité. Les idées vermeilles réintégraient son cerveau ; il
revoyait tout beau, tout grand, et redevenait le conquérant de
l'espace. Le ballon lui semblait de nouveau une tiare gigantesque sur sa tête souveraine. Il ne regrettait qu'une chose :
la disparition de sa maison militaire, les grues, qui avaient
profité de l'escale à Simopolis pour se tirer des ailes vers le
pays des ours blancs.

— Nous y voici ! dit enfin Sulpice.

Cette parole arracha Monlardon à la contemplation de l'infini
et de lui-même. Il regarda en bas et vit une myriade de
cochons roses ressemblant à Sulpice et qui, le groin en l'air,
semblaient attendre nos voyageurs et qui donnaient des marques
non équivoques d'une joie folle en agitant frénétiquement leurs
longues oreilles et leurs petites queues tirebouchonnées.

— Je ne descends pas ici ! s'écria Monlardon.

— Et pourquoi ?

— C'est que... (et il hésitait) c'est que... j'aime beaucoup le
boudin et l'andouillette, et...

— Achève...

— Et que j'en ai souvent mangé ; alors...

— Alors ?

— Alors, si tes compatriotes ont le caractère rancunier, ils sont capables de m'accommoder aussi en jambon et en crépinettes...

— Rassure-toi, Eusèbe, dit Sulpice, le pardon des offenses est la loi de tous au pays des Cochons-Roses ; les instincts sanguinaires, les goûts carnassiers des tiens sont ignorés des nôtres, dont le cœur est pur et la cervelle saine.

A ces mots, Monlardon se passa la langue sur les lèvres ; il venait de penser aux cervelles de cochon frites dont il était très friand.

On atterrissait.

Tous les cochons roses se précipitèrent au devant de Sulpice, le pressant dans leurs pattes, l'interrogeant affectueusement sur son voyage.

Et Monlardon comprenait leur langage sans effort. « C'est étonnant, pensait-il. A l'école je ne l'ai pourtant pas appris et je comprends couramment le « Cochon-Rose ».

— Tu es ici chez toi, ami, lui dit Sulpice ; tu le vois, je suis leur chef. Mon palais nous attend... viens que je t'en fasse voir les splendeurs.

Une calèche, attelée de quatre onagres, les emporta. Deux sangliers en livrée se tenaient sur le siège, un comme cocher, l'autre comme valet de pied. Les sangliers étaient les domestiques des Cochons Roses.

Le palais était proche. Sulpice y introduisit Monlardon qui se trouva seul tout à coup, — et toujours sans s'étonner de la rapidité avec laquelle les faits se succédaient — dans une grande salle, toute dorée et ornée de glaces immenses où se reflétaient les tapis chatoyants qui couvraient le plancher et les joyaux sans nombre dont tous les meubles étaient incrustés. Des parfums exquis, s'échappant de mille bougies placées dans des candélabres en cristal, emplissaient les narines dilatées du bon Monlardon, qui se laissa choir voluptueusement sur une large ottomane, placée au milieu de la salle.

La porte monumentale du fond s'ouvrit toute grande ; de grands Cochons Roses en livrée splendide vinrent se placer sur deux rangs et un huissier, au groin vermeil surmonté de bésicles d'or, annonça d'une voix tonitruante :

« Sa Majesté le roi de Porcopolis et Son Altesse Royale la princesse Trogaline ! »

Et Monlardon vit entrer Sulpice, revêtu d'habits royaux, en manteau d'hermine, la couronne souveraine sur la tête et donnant la main à la princesse Trogaline, ravissante Cochonnette Rose, au groin en trompette, au petit œil provocant.

Derrière eux tous les courtisans entrèrent et se placèrent au fond.

Sulpice dit simplement à Eusèbe : Ma fille.

La princesse Trogaline s'inclina et s'assit auprès de Monlardon pendant que le roi, montant sur un trône d'or placé derrière l'ottomane, disait de cette voix pleine et sonore que donne l'habitude du commandement : Que la fête commence !

Deux portes s'ouvrirent à droite et à gauche et le corps de ballet de Porcopolis, composé de plus de trois cents adorables Cochonnes Roses, fit irruption dans la salle du Trône en faisant bouffer ses jupes courtes sous lesquelles des tutus éblouissants de blancheur moulaient des formes luxuriantes dans lesquelles il était visible que le coton n'entrait pour rien.

Les danses commencèrent. Monlardon, grisé, roulait ses yeux ébaubis des danseuses lascives à la princesse Trogaline qui, serrée contre lui, lui donnait des marques palpables d'une amitié soudaine et sans retenue aucune, en lui passant son pied fréquemment dans les cheveux.

Soudain la voix du roi retentit : Allez.

Les danseuses, les domestiques, les courtisans disparurent comme par enchantement : les mille bougies s'éteignirent, et la vaste salle se resserrant, se rapetissant devint un boudoir éclairé par quelques lanternes roses dont la douce lueur discrète caressait les tentures soyeuses et les lourdes tapisseries qui garnissaient les parois du gentil retrait.

Alors Sulpice dit à Monlardon : Ami, Trogaline, ma fille, t'aime... aime-la aussi... tu es le gendre que j'avais rêvé et que j'ai été chercher au bout du monde... je vous laisse... soyez heureux... vous êtes unis.

Puis, oubliant de donner à sa fille les derniers conseils, dont elle n'avait probablement pas besoin, Sulpice disparut.

Monlardon regarda Trogaline.

O surprise !... O miracle ! .. O métamorphose, auprès de laquelle celles d'Ovide n'étaient que de la petite bière ! la princesse Royale des Cochons-Roses n'existait plus, mais à sa place la plus ravissante femme qu'homme eût jamais rêvée !

Le groin était devenu une bouche mignonnette et vermeille, vrai nid de baisers fous, les petits yeux de Cochon Rose étaient remplacés par deux saphirs sombres qui lançaient des éclairs ou se chargeaient de langueurs délicieuses ; les poils blanchâtres de la tête s'étaient transformés en une forêt de beaux cheveux noirs tombant à terre après avoir contourné deux fois le corps de la divine créature.

Quant à son costume, il s'était fondu... plus rien ! Et Monlardon, éperdu devant tant d'appas qu'il n'avait même jamais

soupçonné pouvoir exister, Monlardon ouvrit ses bras trem-
blants d'émotion, enlaça Trogaline métamorphosée, en lui
murmurant : Je t'aime !... je t'épouse... tout de suite.

Il lui sembla bien en ce moment entendre ces mots : « Eh
bien ! qu'est-ce qui vous prend ? » mais il crut à une dernière
protestation de la pudeur vaincue et, féru d'amour et de volupté
il...

La suite au prochain numéro.

CHAPITRE X

C'était Anastasie !... Monlardon dégringole du Ciel dans le troisième dessous de la vie réelle. — Dorlotage conjugal. — La seconde nuit. — Vaine attente. — Anastasie pince et Monlardon ronfle, ou Vénus embêtée par Morphée.

Et il... se réveilla cinq minutes après dans les bras d'Anastasie, sa trop légitime épouse.

En vous accoudant au balcon fleuri d'un cinquième étage, vous est-il arrivé de sentir la balustrade céder sous votre poids et d'être précipité dans le vide ?

Eh bien ! la tête que vous faisiez en franchissant l'espace avant d'arriver au macadam, pourrait encore passer pour une tête folichonne auprès de celle que Monlardon montra en articulant ces mots empreints d'un profond désespoir :

— C'était... toi !!!

Mais Anastasie ne s'étonna pas de ce cri. Elle ne savait qu'une chose, c'est qu'Eusèbe venait de se réhabiliter à ses yeux et qu'il avait réalisé tout ce qu'elle avait demandé à son idéal Alcindor. Frémissante, elle se pelotonna contre son vaillant partenaire, l'œil alangui, et d'une voix chargée de toute la passion comprimée depuis si longtemps et qui venait enfin de trouver un débouché, elle murmura :

— Eusèbe... pardon !... je t'ai appelé lâche, tout à l'heure... je ne savais pas... tu es brave... tu es beau... je t'aime !... ne me ménage pas, je connais mon devoir.

Monlardon n'écoutait pas.

Un effroyable chaos bouillonnait dans sa tête.

Ainsi, tout ce qui s'était passé : Saint-Cloud, l'aéronaute relâché, le ballon, Sulpice, les singes de Simopolis, les Cochons Roses hospitaliers, la princesse Trogaline, le boudoir et la mariée triomphante, tout ça, c'était un rêve !

Anastasie n'obtenait pour réponse à ses câlineries reconnaissantes que des lambeaux de phrases incompréhensibles... des mots bizarres arrachés d'un gosier étranglé par la stupéfaction.

— Ma maison militaire... Sulpice... mon beau-père... ballon... bis au ballet... plus de singes... j'aime mieux les Cochons Roses...

Anastasie souriait, et d'un ton de reproche :

— Vois-tu, mon ami, c'est parce que ça t'arrive trop rarement : tu n'es plus habitué, ça te donne trop d'émotions d'un coup. C'est une leçon dont tu dois profiter. Je ne te gronde pas, tu as été si gentil, j'avouerai même que tu n'as jamais été si persuasif. Oh ! oui, tu m'aimes, je l'ai senti... tu t'y es pris un peu tard pour me le prouver, mais ça ne fait rien, tu rattraperas le temps perdu. L'avenir est à nous, Eusèbe ; la femme est faite pour le sacrifice... je suis femme... l'autel sera toujours prêt... et je ne doute plus de l'officiant... oh ! non, je n'en doute plus.

Mais Monlardon n'avait rien entendu de toute cette tirade passionnée : il avait réussi à remettre un peu d'ordre dans son cerveau et, convaincu maintenant que ce n'était qu'un rêve, et que la princesse Trogaline n'était autre que sa femme, il poussa un énorme soupir de regret, tourna péniblement le dos à Anastasie et s'endormit en murmurant : J'aurais bien donné dix sous pour ne pas me réveiller.

Vers dix heures du matin, il ouvrit les yeux. C'était l'heure où il avait coutume de se lever et d'aller avec sa femme prendre le café au lait dans la salle à manger.

O surprise ! Anastasie était là, debout auprès du lit et lui tendait, souriante, le bol fumant et les rôties beurrées dont il était si friand.

Il n'en revenait pas.

— Mange et bois, mon ami ; dorénavant ta petite femme t'apportera ton déjeuner au lit tous les matins. Je ne veux pas que tu te fatigues encore... c'est bien assez comme ça... n'est-ce pas, mon gros lapin ?

Monlardon se souvint et un gros soupir s'exhala de sa large poitrine. Il ferma les yeux pour évoquer la vision voluptueuse de la princesse Trogaline ; mais la voix d'Anastasie rompit le charme prêt à opérer et le ramena à la prosaïque réalité.

Toute la journée, Anastasie se multiplia pour satisfaire les moindres désirs de son sultan, étonné et ravi de cette sollicitude inaccoutumée. Elle lui glissait des coussins sous les pieds à table, lui servait les meilleurs morceaux, que d'ordinaire elle s'adjugeait sans vergogne ; le tout accompagné de mots tendres, de caresses furtives.

— Mange bien, mon gros chou... bois, trésor à sa poupoule !...
appuie-toi... là... encore... petit homme à sa *fafemme*.

Et Monlardon se laissait faire, somnolant toujours, essayant
sans y parvenir de revivre son rêve prestigieux. Quand il faisait mine de s'endormir dans son fauteuil, ce n'étaient plus
des : « Vous allez encore ronfler ?... ce n'est pas un homme,
c'est une marmotte ! quelle existence, mon Dieu ! » mais bien
des encouragements dans ce genre : « Dors... bébé à sa mère...
fais dodo, Zézèbe... repose-toi... le jour... répare tes forces...
prends-en de nouvelles, beaucoup, ça se dépense si vite ! »

Après le dîner, pendant lequel Anastasie avait encore
redoublé de prévenances, elle proposa la première de faire les
quinze cents de bésigue qu'il lui demandait vainement depuis
plusieurs années.

Il joua toute la partie en résistant héroïquement au sommeil,
lut la moitié d'un feuilleton du *Petit Journal* et laissa tomber
enfin de ses lèvres ces mots qu'Anastasie semblait attendre
avidement :

« Si on allait se coucher ? »

— Oh ! oui... répondit la voix joyeuse d'Anastasie. Et, vivement, elle enleva la courte-pointe du lit, arrangea les oreillers
et pendant que Monlardon se déshabillait méthodiquement,
calme comme d'habitude, elle poussait des petits cris de vierge
surprise au bain, jouant la pudeur effarouchée, quand par
hasard l'œil placide et indifférent de son époux se dirigeait vers
le coin obscur où elle enlevait les voiles qui recouvraient les
endroits où la nature avait failli placer des appas.

Monlardon fait gémir le sommier sous ses trois cents
livres, et sa femme, soufflant la bougie, se glisse près de lui,
palpitante.

— Eusèbe, je me figure que c'est seulement à présent, notre
seconde nuit de noces... et toi ?

Eusèbe ne répond pas, et son silence provient de ce qu'il
dort déjà à poings fermés et à bouche ouverte.

Anastasie est vite mise au courant de la situation par un
ronflement qui fait tressauter les vitres de la chambre. Vexée
d'abord, elle se remet vite de son désappointement, en se disant :
C'est juste... comme hier... il attend que je dorme... c'est plus
poétique, plus imprévu...

Et elle ferme les yeux, faisant semblant d'être plongée dans
les bras de Morphée en en attendant d'autres.

Elle patiente une heure... deux heures, Monlardon ronfle
moins fort, mais n'en dort que plus profondément.

Une heure du matin sonne. Anastasie n'y tient plus, elle
pince son conjoint dans le gras : Eusèbe... je suis là...
éveillée... n'aie pas peur de causer, je n'ai pas envie de dormir.

Peine perdue. Eusèbe dort toujours ; rien ne pourrait le réveiller.

A l'aube, Anastasie, la gorge séchée par la colère, l'œil en feu, fait une dernière et inutile tentative, formulée dans un énorme pinçon en plein rein, puis finit par s'endormir exténuée et furibonde.

Au réveil, le bon Monlardon, sans remarquer la figure à l'envers de sa moitié, lui dit en se frottant les reins :

— Tu sais, il y a des punaises dans ce lit ; elles m'ont mordu toute la nuit ; il faudra acheter de la poudre insecticide.

CHAPITRE XI

Anastasie a une idée géniale. — Les haricots rouges. — Potins de voisinage.
— Les haricots opèrent, mais autrement qu'Anastasie l'avait rêvé. —
Combat d'artillerie privée. — Résolution de Mme Monlardon de se mettre
à l'avenir hors de la zone du tir conjugal.

Huit nuits se passèrent ainsi : Monlardon ronflant, Anastasie
veillant. Triste sœur Anne du conjungo rassis, elle ne voyait
plus rien venir.

— C'était donc un accident ! s'écria-t-elle après la stérile
attente d'une semaine.

Et le lendemain matin, Monlardon attendit vainement le
café dans son lit. Il dut aller le prendre comme auparavant
dans la salle à manger. Plus de coussins sous les pieds, que
ceux qu'il y aurait placés lui-même s'il avait été capable de
faire un pareil effort. Les ailes de poulet, les noix de côtelette,
les morceaux les plus fins réintégrèrent l'assiette d'Anastasie,
rageuse et redésillusionnée.

Une après-midi qu'elle se remémorait l'acte aussi vaillant
qu'inattendu de son époux, cherchant pour la millième fois la
cause possible de cet étonnant effet, elle se frappa tout à coup
le front ; un éclair venait de traverser sa pensée aux abois.

— C'est ça — murmura-t-elle — lorsque nous nous sommes
disputés cette nuit-là, il s'était réveillé très facilement quand je
l'ai heurté du coude et il avait mangé le soir des haricots
rouges ; par hasard, seraient-ce...

Elle n'acheva pas. D'un bond elle fut à la cuisine et fiévreuse-
ment dit à Léonie, la bonne à tout faire :

— Léonie, courez chez l'épicier, tout de suite, acheter dix
kilos de haricots rouges.

— Dix kilos?

— Oui, pas d'observations. Demandez la première qualité...
ou plutôt celle qu'il vous a donnée il y a eu mardi huit jours,
allez !

La bonne revint un quart d'heure après avec les précieux légumes secs.

— Vite ! faites-nous-en un plat pour ce soir.

— Mais, madame, ils ne seront pas mangeables ; il faut les laisser tremper pendant vingt-quatre heures.

— Encore un retard, soupira madame. Eh bien, mettez-les dans l'eau et demain vous les servirez à déjeuner et à dîner.

— Avec quoi, madame ?

— Avec rien... nous nous mettons au régime des haricots rouges... obéissez.

— Bien, madame.

Et Léonie courut tremper tout le contenu du sac, non sans exprimer sa façon de penser, une fois seule, dans sa cuisine, par cette phrase consacrée, à l'usage constant de tous les serviteurs dévoués : Quelle boîte !... quelle sale boîte !...

Le lendemain, à déjeuner, quand Monlardon vit arriver le plat pyramidal de haricots rouges, sa pleine lune de figure exprima la naïve et franche joie du gourmand satisfait.

— C'est gentil d'avoir pensé à moi... je les adore, les haricots rouges, j'en mangerais tout le temps.

— C'est pour te plaire, effectivement, manges-en bien, bourre-toi... ne crains pas de m'en priver, va.

Monlardon en mangea quatre assiettées, à peu près un kilo.

Au dîner, en voyant reparaître les haricots rouges et comme il avait digéré ceux du matin, il manifesta de nouveau son contentement : « C'est encore meilleur réchauffé », déclara-t-il, en plongeant la cuiller dans le plat.

Cette fois, pourtant, il s'arrêta après la seconde reprise.

Anastasie le regardait manger, anxieuse, sans toucher au mets dans lequel gisait son dernier espoir ; elle n'avait pas besoin de haricots rouges, elle ! oh ! non ! Et comme Monlardon, content du menu de sa journée, déposa sur son front, en se couchant, un baiser qu'il s'efforça de rendre tendre, elle eut un rayonnement dans l'œil et se dit : Ça y est !

Aussi comme elle guetta ce bienheureux réveil qui allait suivre le premier somme de son époux, lequel, naturellement, s'était endormi en posant sa tête sur l'oreiller.

Effectivement, vers minuit, Eusèbe poussa un gros soupir et fit un effort pour se soulever. Anastasie ferma chastement la paupière et fit semblant de se réveiller en sursaut quand son époux lui dit à voix basse et comme s'il allait lui confier quelque chose de considérable :

— Anastasie !

— Mon ami... ah !... je dormais.... mais parle, parle... je t'écoute avec plaisir.

— Anastasie ; une autre fois, tu mettras du petit salé... ça les rend plus onctueux.

Et il se rendormit.

L'épouse, désappointée, attendit vainement un second réveil plus expansif ; il n'eut lieu qu'à neuf heures et demie du matin et fut aussi banal qu'à l'ordinaire.

— Il s'est réveillé pourtant, pensa-t-elle, donc il y a eu un commencement d'effet. Peut-être ne lui en ai-je pas donné assez ? Nous le verrons bien.

Pendant trois jours consécutifs, au déjeuner et au dîner, les haricots rouges firent leur entrée solennelle, dans la salle à manger ; le petit salé y était.

Inutile de vous dire que Léonie avait raconté à la portière, qui ne l'avait pas caché aux bonnes de la maison, lesquelles en avaient fait part à tous les camarades des immeubles voisins, que madame était devenue folle, qu'on ne mangeait plus que des haricots rouges chez eux et qu'elle ne resterait pas plus longtemps dans une baraque pareille. Ce potin, grandi de bouche en bouche, avait volé jusque chez un vieux docteur, spécialiste très savant, habitant au bout de la rue, et qui, après avoir fait venir Léonie chez lui et avoir recueilli tous les détails, énormément amplifiés, qu'elle lui débita sans se faire prier, s'était frotté les mains et immédiatement avait préparé une rame de papier pour y jeter le plan d'une étude sur un nouveau cas de folie. Il avait déjà trouvé le titre de l'ouvrage ; c'était : La manie des haricots rouges, pour faire suite à celle des grandeurs.

Le lendemain de cette nuit, où l'épouse déçue avait encore dû remiser ses ardeurs incomprises, Monlardon esquissa une légère moue en voyant, à déjeuner, figurer les haricots rouges ; il leur fit honneur quand même, mais avec moins d'enthousiasme. Le soir, à dîner, ce fut avec une grimace non équivoque qu'il les accueillit, et, après la première attaque, il ne put céler plus longtemps sa pensée.

— Il me semble que tu abuses des haricots rouges ?

— Vous n'êtes jamais content... vous dites les adorer, on vous en sert et, tout de suite, par esprit de contradiction, vous vous mettez à les détester. On ne peut jamais vous contenter, jamais ; on a beau se mettre en quatre.

Monlardon ne perdit pas de temps à se figurer sa femme mise en quatre, elle qui tout entière ne représentait guère que le quart d'une, mais il répliqua, du ton d'un martyr qui voit le supplice sans espoir de l'esquiver :

— J'en mangerai, si tu le veux, mais le médecin m'a défendu les farineux, tu sais bien.

— Le médecin c'est moi, riposta aigrement Anastasie, c'est mon ordonnance que vous suivez, attendu que seule je connais le mal terrible, incurable, je le crains, qui vous ronge.

— Qui me ronge ? un mal ?... je suis malade ? — balbutia Eusèbe qui pâlit effroyablement.

— Plus que malade... invalide !... ne m'en demandez pas plus... je rougirais d'avoir à vous faire rougir. Mangez.

Monlardon se tut et mangea.

La seconde nuit d'épreuve s'écoula sans que les haricots provoquassent chez le patient la moindre velléité de réveil amoureux.

Anastasie, le troisième jour, lui emplit de force son assiette de la terrible pitance et, malgré ses protestations, le martyr des farineux dut l'avaler.

— J'en aurai le cœur net — ronchonnait Anastasie — s'ils n'opèrent pas cette fois-ci, c'est que rien n'y peut... et que le miracle ne se renouvellera plus.

Ils opérèrent.

Mais pas tout à fait comme l'avait espéré la douce compagne d'Eusèbe. Celui-ci, à l'aube, eut un gémissement douloureux : Anastasie écouta. Il fit mine de se retourner vers sa moitié palpitante, qui passa la langue sur ses lèvres affriolées. Puis geignant, il lui tourna le dos et Anastasie entendit le plus formidable... comment dirais-je ?... la plus détonnante cacophonie que dix fanfares ensemble eussent pu produire.

Ce fut un bouquet prodigieux ! une succession d'arpèges bondissants, de notes sonores répercutées par des échos infinis. Toute la gamme ! Toute la lyre du soissonnais !

Jamais bombardement d'une place ne fut plus soutenu. C'était à croire que chaque haricot vengeur protestait séparément contre l'incarcération intestinale à laquelle on l'avait soumis.

Anastasie, affolée, avait bondi du lit cherchant à se mettre hors de portée de la terrible canonnade, criant, hurlant, invectivant l'impassible mortier à répétition qui continuait de dépenser sa provision inépuisable de gargousses.

Peu à peu, cependant, les coups devinrent plus rares ; ils s'espacèrent, s'affaiblirent puis ce ne fut plus qu'un vague son irrégulier qui vibrait doucement, comme les derniers tintements d'une cloche dont le battant vient encore heurter la paroi de temps à autre.

Tout se tut enfin.

Anastasie acheva la nuit dans un fauteuil et Monlardon, ahuri, la vit se dresser devant lui, le matin, pareille à une Furie.

— Monsieur, à partir d'aujourd'hui, je me ferai dresser un lit dans le cabinet à côté. Je cesse de cohabiter avec un malotru qui, non content d'avoir désespéré mes jours, empoisonne maintenant mes nuits.

Eusèbe ne répliqua pas tout d'abord, parce qu'il lui fallait comprendre, et que cette opération ne se faisait chez lui qu'à la longue ; mais peu à peu les paroles de sa femme prirent un sens dans son entendement et ce fut avec un sourire béat qu'il répondit :

— Coucher à part ?... tiens ! il y a longtemps que j'y avais pensé, mais je n'osais pas te le proposer. C'est une bonne idée... on dort bien mieux tout seul.

CHAPITRE XII

La vie de Monlardon. — Vengeance de bonne en rupture de tablier. —
Evénement inattendu qui donne raison pour une fois à un proverbe :
Tout vient à point à qui sait attendre. — Madame Monlardon recevra le
23 courant.

Anastasie tint parole. Le soir même elle reposait ses os dans
le cabinet voisin de la chambre à coucher où Monlardon s'épa-
nouissait seul, enchanté, tout à la joie d'avoir le milieu du lit
sans contestations. Il se figura un moment qu'il était veuf,
mais une collection de soupirs perçus à travers la cloison lui fit
comprendre qu'il escomptait trop à l'avance les jours de paix et
de tranquillité entrevus dans un éclair.

Pendant un mois les jours et les nuits s'écoulèrent uniformes,
Monlardon mangeant, faisant sa promenade quotidienne au
jardin des Plantes, où les ours l'accueillaient comme une vieille
connaissance, et dormant ses onze heures pleines ; Anastasie,
boudant, muette le jour, rageuse la nuit, féroce dans ses menus
extraordinairement maigres, quoique sans haricots pourtant,
ronchonnant contre les fournisseurs, la portière, le facteur et
tellement insupportable que Léonie lui avait rendu ou plutôt
lancé son tablier à la figure un beau matin.

J'ajouterai que la susdite Léonie, une fois ses gages empo-
chés, avait été faire ses adieux à tout le voisinage et que personne ne mettait plus en doute la folie de Mme Monlardon, qui
battait son mari, se grisait, ne se couchant jamais sans une
bouteille d'eau-de-vie sous son oreiller, laissant mourir sa
bonne de faim et chacun répétait : Ça finira mal, elle fera un
malheur si la Police ne s'en mêle pas.

Aussi quand elle passait dans la rue on la montrait au doigt
et les mamans disaient à leurs marmots désobéissants : « Si tu
pleures, je te donnerai à manger à la dame maigre ! »

Et les marmots rentraient leurs larmes.

Anastasie ne se doutait pas de tous les crimes qu'elle avait à son actif, et inconsciente de son rôle de Croquemitaine, elle vivait sa vie bête, déçue à jamais dans ses espérances, prenant l'humanité en grippe et dédaigneuse de tout, même de son idéal Alcindor qu'elle n'évoquait plus dans ces minutes passionnées, qui se faisaient de plus en plus rares d'ailleurs.

Il y avait à peu près un mois qu'Anastasie avait inauguré le régime de la chambre à part.

Un jour, pendant le dîner, elle fut prise d'un vertige soudain : le cœur lui défaillait et le soupir qu'elle exhala fut si douloureux que Monlardon s'arrêta net dans l'opération d'ingérer des nouilles qui l'occupait en ce moment ; il chercha même à donner un accent attendri à sa voix, en disant :

— Qu'est-ce que tu as ?

— Rien... Que vous importe, d'ailleurs?... Ça vous est bien égal que je sois malade.

— Mais pas du tout, je...

— C'est juste !... vous auriez peur d'avoir à payer le médecin...

— Je n'ai pas...

— Vous voudriez me voir mourir... subitement... Ce serait moins d'ennui pour vous...

— Tu exagères... Je t'assure...

— Assez !... tyran... Vous voyez bien que vous aggravez mon mal en me taquinant sans cesse : vous bavardez comme une pie-borgne, car vous savez que j'ai besoin de silence... C'est honteux ! un homme ! Abuser ainsi de ce qu'il est le maître...

— Un beau maître qui ne peut même pas...

— Encore !... Vous ne vous tairez donc pas !... Oh ! que je souffre !... Il rit, lui... et moi, je me meurs...

— Ah ! flûte ! s'écria le bon Monlardon exaspéré, qui retourna tranquillement à ses nouilles.

Madame allait relever comme elle le méritait cette exclamation injurieuse qui sentait la révolte d'une lieue, mais un mal de cœur la prit et elle n'eut que le temps de courir à sa chambre.

Le médecin de la maison, M. Pastoureau, fut requis à la hâte, par la femme de ménage qui avait succédé à Léonie. Quand il arriva, le mal de Madame et les nouilles de Monsieur étaient terminés.

Il palpa le pouls d'Anastasie, lui ausculta les creux et, gravement, annonça, après avoir rempli une page de caractères illisibles, qu'il fallait attendre, que la maladie ne s'étant pas déclarée il imitait la maladie ; que le cas était bizarre, attendu qu'il n'y avait rien d'anormal dans l'état de Mᵐᵉ Monlardon ; le pouls était bon, la langue rouge, et du moment qu'il n'y avait rien, il fallait tout craindre, et il conclut que le mieux était de revenir le lendemain matin diagnostiquer en toute connaissance de cause.

Il revint le lendemain et trouva Madame trottinant dans son salon, alerte et gaillarde.

— Ah ! je vois que nous allons bien. Voyons !... le pouls est régulier... notre cordial a produit son effet. Un peu de repos sera nécessaire, en suivant cette ordonnance.

Et le grave docteur gribouilla quelque nouveau hiéroglyphe pour justifier la seconde visite.

Coût : dix francs... qu'Anastasie reprocha à Monlardon pendant les deux mois qui suivirent et qui furent encore marqués par quelques malaises passagers, mais M. Pastoureau ne fut plus appelé, sa tisane des quatre-fleurs revenant trop cher et l'ordonnance pouvant servir encore, puisque le mal était le même.

Et puis Anastasie était fixée sur la nature de sa maladie. C'était un simple retard dans les fonctions aussi ennuyeuses que mensuelles, dont la Nature prévoyante a affligé le sexe auquel nous devons les ouvreuses de loges et les portières, ces deux fléaux de Paris.

Une nuit, Anastasie se réveilla en sursaut, l'œil hagard interrogeant les fenêtres, la bouche convulsée par un hébétement soudain. Ce n'était pas de l'épouvante, mais de la stupéfaction. Elle passa d'abord la main sur son front moite, comme pour s'assurer que le cauchemar en était absent, puis la descendit tremblante sur son ventre exigu. Un frémissement lui courut de la plante des pieds à l'extrémité du sinciput. Elle se glissa doucement, prenant mille précautions pour ne pas se heurter à un meuble, courut à la porte de la chambre où ronflait Monlardon, l'ouvrit et, soulevant les couvertures, elle cria :

— Eusèbe ! Eusèbe !

— Il y a quelqu'un ! grommela le mastondonte.

— Eusèbe... réveillez-vous !... réveille-toi !... il le faut. Vite !... vite !...

Et elle fit tant, tirant, pinçant, criant, qu'Eusèbe, après une lutte de vingt minutes, finit par ouvrir des petits yeux ennuyés et soupira :

— Il y a le feu à la maison ?

— Non... mieux que ça. Ecoute-moi... Tu ne sais pas ?... Eh bien !... apprends... Mais écoute-moi donc !

— Je ne fais que ça, soupira Monlardon qui faisait des efforts inouïs pour soulever sa paupière.

— Eusèbe... ouvrez toutes vos oreilles. J'ai une révélation immense à vous faire... Apprêtez-vous à supporter le poids de votre bonheur.

— Quel poids ?... Quelle révélation ?

— Eusèbe — et la voix d'Anastasie prit le ton majestueux et prophétique que dut avoir Moïse quand il annonça aux hébreux qu'avec un simple coup de baguette il allait percer un puits artésien, enfonçant en profondeur celui de Grenelle — Eusèbe, cette nuit est le plus beau jour de ma vie, apprenez que... vous êtes père.

— Hein ?... père ? père de quoi ? — interrogea bouche bée, le bienheureux sans le savoir.

— Père de lui... de celui qui palpite dans mon sein et qui vient, il y a deux minutes, de se révéler à moi,

— Ton sein ?... qui palpite ?... je ne saisis pas.

— Comprends donc mieux, puisqu'il faut te mettre les points sur les i... Eusèbe... je suis enceinte !

— En... tu es enceinte... toi ? ah ! ah ! ah !... et la bedaine de Monlardon, soulevée par un rire homérique, fit jouer comme un soufflet les couvertures du lit.

Ce bedon, à lui seul, aurait pu jouer toutes les vagues à l'Ambigu.

— Ne riez pas, Eusèbe, c'est la vérité, vous êtes père.

— Père... moi ?... tu... ne plaisantes pas ?

— Je te le jure, sur sa tête !

— Mais alors... c'est vrai ?

Et le bon Eusèbe, — à cette idée, qu'il était le procréateur d'un être qui l'appellerait papa, le cajolerait et s'en irait un jour avec lui, au Jardin des Plantes, — sentit des larmes envahir ses yeux. Il voulut les retenir, vain effort !... le cœur lui défaillait et ce fut dans une explosion de sanglots qu'il balbutia à cent reprises : Que je suis content ! que je suis heureux !...

Anastasie, dont les nerfs avaient aussi besoin de détente, fit chorus avec lui, et on n'entendit plus dans la chambre qu'un duo de hoquets douloureux causés par l'excès du bonheur.

Anastasie pressait doucement Monlardon contre elle. Ce n'était plus le tyran, le lourdaud, le loir, la marmotte de la veille, c'était le père de son enfant. Il avait grandi de mille coudées à ses yeux. Celui que le soir précédent elle avait encore traité de meuble inutile, lui apparaissait comme le plus vaillant des époux, et le plus consciencieux des maris.

Lui, ne pouvait en revenir. Père !... pour de bon !

Il lui était parfois arrivé, dans les premiers temps de leur mariage, de désirer un bambin, mais il ne s'était pas longtemps arrêté à ce rêve qu'il jugeait irréalisable, étant donnée la froideur des rares tête-à-tête conjugaux. Et voilà que c'était vrai à présent !

Sa bonne grosse face épanouie laissait pourtant percer de temps à autre une légère anxiété, et il finit par la formuler timidement à sa femme :

— Mais... comment ça s'est-il fait ?

— Oh ! mon ami... tu ne te souviens donc pas... il y a environ quatre mois... tu t'es réveillé, gentil, oh ! bien gentil ! tu m'aimais tant que tu m'as appelée princesse en ce moment-là. Nous nous étions un peu disputés avant, dans le lit, mais je ne t'en veux pas, c'étaient les haricots rouges. J'ai cru d'abord que les haricots rouges, au contraire... mais ne parlons plus de tout ça, je suis trop heureuse pour t'en vouloir.

Le soleil glissait déjà ses rayons par les jours des persiennes, que ni Anastasie, ni Monlardon lui-même n'avaient pensé à se rendormir. C'étaient des projets sans fin, qu'ils faisaient sur l'héritier inattendu.

— Il sera beau !

— Il sera magnifique !

— Il aura du talent !

— Du génie, tu veux dire...

— Je le voudrais blond, avec des yeux bleus, ajoutait Madame.

— Oh ! blond... tirant sur le brun, alors soit !

— Mais objecta Anastasie, — saisie d'un effroi subit — c'est peut-être une fille.

— Une fille ? allons donc ! — répliqua Monlardon avec un haussement d'épaules qui révélait une telle certitude que Madame n'insista pas.

— Ce n'est pas tout ça, mon ami, cet événement doit être marqué par une fête solennelle. Je veux que tout le monde sache ce qui m'arrive. J'ai d'abord besoin d'humilier Mme Bistoquet qui fait la maligne parce qu'elle en a huit. Huit! la belle affaire ! si nous voulions, nous, dis, Eusèbe?

— Oui, mon amie... et tu disais ?... répondit vivement Monlardon peu désireux de s'engager pour l'avenir.

— Je disais qu'il nous faut donner un repas à nos parents et amis et le faire suivre d'une réception genre grand monde, pour célébrer la venue de notre fils.

— Mais si nous attendions qu'il soit né ?

— Est-ce que ce n'est pas comme s'il l'était ?... Ne prouve-t-il pas assez qu'il s'intéresse déjà à ce que nous disons ; il vient de me donner un coup de pied. Tiens, tâte.

Et pour la centième fois, Monlardon, qui ne sentait rien du tout, affirma de bonne foi que le présomptif avait remué.

L'accord fut vite fait entre nos deux enthousiastes, et au lever, après deux heures de tâtonnements, de ratures, de béquets, une feuille de papier écolier reçut la liste complète des amis et connaissances qui seraient invités au festin.

Dans la journée, les deux époux allègres, rutilants, allèrent chez les élus, qui acceptèrent tous, avec force félicitations aux heureux auteurs de celui qu'ils appelaient déjà : Théodore.

CHAPITRE XIII

Les invités des Monlardon croqués à la hâte.

L'appartement de la rue de l'Arbre-Sec présentait une animation extraordinaire, ce 23 mai, jour désigné pour le dîner solennel donné en l'honneur du présomptif embryonnaire niché dans le sein de Mme Monlardon. Je dis le sein pour ne pas me faire remarquer en ne parlant pas comme tout le monde, mais entre nous je n'ai jamais pu m'expliquer pourquoi, la partie bombée du corps qui s'étend de l'estomac au haut des cuisses est appelée ventre, lorsqu'elle exerce ses fonctions habituelles, et qu'on la dénomme sein aussitôt qu'elle est habitée par un petit rigolo, produit de l'amour ou de l'oubli conjugal.

Après tout, ça m'est égal, et à vous aussi, n'est-ce pas ?

Donc, Anastasie avait accumulé ce jour-là splendeurs sur magnificences, pour écraser ses invités. Ce n'étaient que dressoirs chargés de fruits, de compotes, de bonbons, de gâteaux et de fleurs.

Un maître d'hôtel avait été loué à raison de vingt francs pour la soirée et une femme de ménage adjointe à Élodie, la nouvelle bonne que madame avait prise depuis huit jours.

Comme cette bonne sera cause d'un petit incident bientôt, je vous la présente en deux lignes :

Vingt ans, Normande, forte, rouge, exubérante de santé et rebondie à souhait sur toutes les faces, Elodie, à son talent pour la cuisine, joignait un amour immodéré pour les militaires à casques.

Un fantassin ne lui disait rien, mais un cuirassier, un pompier la mettaient en ébullition et faisaient à première vue tressauter son bonnet sur sa chevelure rouge carotte, et son cœur sous ses plantureux monts blancs.

Aussi, n'avait-on pas besoin de lui dire de nettoyer sa batterie de cuisine. Chaque casserole de cuivre lui rappelant un casque était frottée par elle avec une ardeur indiquant assez que le militaire de service ne devait pas s'ennuyer avec elle.

A part ça, bonne comme du pain, chipeuse, discrète et pas bavarde avec les femmes, un ange en tablier, quoi!

Passons.

La table était garnie de vingt-deux couverts. Aucun invité n'avait décliné l'invitation ; au contraire, Mme Bistoquet était venue faire une visite d'apéritif, afin de savoir si elle pouvait amener ses huit enfants. Mme Monlardon s'était excusée, en faisant remarquer l'exiguïté relative de son appartement et il avait été convenu que les Bistoquet n'amèneraient que Gustave, un gamin de cinq ans, et leur aînée Angélique qui venait d'entamer son dix-huitième printemps. Les deux extrémités de leur progéniture.

A sept heures précises, les Bistoquet s'amenèrent. M. Bistoquet, ancien limonadier retiré des affaires, avait cinquante ans. C'était un politicien forcené, il croyait tout savoir, vous arrangeait un gouvernement en un tour de phrase et ponctuait généralement ses paradoxes effroyables d'un coup de poing sur le meuble à sa portée.

Pour le quart d'heure, il était de nuance écarlate. Il se disait *impossibiliste-anarchiste,* et ne parlait plus que de couper des têtes et de flamber des édifices.

J'ai dit qu'il était POUR LE QUART D'HEURE, car M. Bistoquet variait souvent dans ses opinions. Sa conviction *altérable* suivait les fluctuations directoriales de son journal, qui, d'orléaniste, était devenu successivement centre-gaucher, extrême-gaucher et ultra-communard. Il avait à tous moments à la bouche une menace à effet : « Je descendrai dans la rue ! » et la pose qu'il prenait en la prononçant eût été enviée par un matamore de Callot. Je dois avouer à sa décharge que le bon impossibiliste-anarchiste avait toujours du vin à soutirer dans sa cave, aussitôt qu'une manifestation de dix gamins piaillait, dans la susdite rue, un refrain de café-concert.

Mme Bistoquet, elle, ne parlait pas politique ; elle se contentait de mettre au monde, avec une régularité chronométrique, un enfant tous les ans. Elle en avait donné douze à son pays ; huit avaient survécu dont le plus jeune, Gustave, dit Tatave, âgé de cinq ans et figurant parmi nos invités, était un affreux mioche, gourmand et tapageur, qui avait toujours cinq doigts occupés à chiper une friandise et les cinq autres en train d'explorer alternativement son nez.

Quant à Angélique, c'était une gentille fille de dix-huit ans, à qui vous auriez donné le bon Dieu sans confession à première vue, qui rougissait au moindre mot insignifiant, tenait tout le

temps son nez et ses yeux pointés dans son assiette, mais théo-
riquement était fort savante des choses folichonnes de la vie et
ne demandait que l'occasion de les étudier pratiquement. Son
corsage, gentiment garni, avait parfois, lorsque son œil bleu-
sombre semblait plongé dans une rêverie céleste, des va-et-vient
précipités qui disaient assez la nature terrestre et les aspirations réelles de son rêve.

Après les Bistoquet arrivèrent les Boujut, famille de gantiers
composée de cinq membres : le grand-père Boujut, le père
Boujut, la mère Boujut et le fils Boujut, marié depuis peu avec
Charlotte Grublot qui, elle aussi, commençait à bedonner légi-
timement et que Mme Monlardon combla tout de suite d'une foule
de prévenances, la questionnant sur leur cas commun.

Gens sans fiel, ces Boujut, mais trop gantiers. Pour eux, rien
n'existait en dehors des peaux. La peau, c'était leur conversation
continuelle, dans l'intimité comme chez les amis, et au bout
d'une heure passée en leur compagnie, vous connaissiez toute
la peausserie du monde. Depuis celle de chien jusqu'à celle de
chevreau, en passant par toutes les autres peaux des malheu-
reuses bêtes vouées à la ganterie, aucune peau n'avait plus de
secrets pour vous.

Braves gens les Boujut, mais de ces braves gens qu'on verrait
guillotiner sans le moindre regret.

Un coup de sonnette de maître !

C'est M. et Mme de la Gripouille, deux nobles vieillards, raides,
cassants, qui font leur entrée en saluant de la main les petites
gens déjà arrivés.

M. et Mme de la Gripouille sont les voisins des Monlardon.
S'ils condescendent à venir chez ces derniers de temps à autre,
c'est qu'ils sont avares à faire rougir Harpagon, et que c'est
autant de gagné, un dîner de temps en temps, pendant lequel
M. de la Gripouille s'emplit pour huit jours, et madame gonfle
ses poches de tous les reliefs emportables.

Le grand-père de M. de la Gripouille s'appelait Gripouille tout court, mais domestique du comte de Vertbois, il l'avait suivi pendant l'émigration en 1792 et à son retour, en 1814, n'avait eu rien de plus pressé que d'ajouter une particule à son nom. Aussi son petit-fils, notre convive, ne parlait-il que de sa noblesse, du sang bleu courant dans ses veines illustres et était-il légitimiste intransigeant. Quand il disait : le Roy, il se découvrait.

Il s'était déjà rencontré une fois chez Monlardon avec Bistoquet, et vous pensez que la politique les avait tout de suite placés en irréconciliables vis-à-vis l'un de l'autre. Et pourtant ce jour-là, un an auparavant, notre impossibiliste-anarchiste n'était encore que radical.

Ils se toisèrent dédaigneusement et le « Môssieu » dont ils se saluèrent en s'inclinant à peine était prononcé intérieurement par l'un : Racaille, et par l'autre : Vieille moule.

Mais, ô surprise ! les de la Gripouille n'étaient pas seuls. Ils étaient accompagnés d'un jeune brigadier de cuirassiers, leur neveu, Lucien.

— Veuillez nous excuser, chère madame, — dit Mme de la Gripouille à Anastasie, — notre neveu est venu nous surprendre au moment où nous sortions pour nous rendre chez vous ; nous nous sommes permis de l'amener.

— Vous avez eu mille fois raison, — répondit Mme Monlardon enchantée, car elle aurait voulu recevoir l'Univers à sa table ce jour-là.

Lucien, un superbe soldat, admirablement tourné et pas timide pour un sou, ébaucha un compliment et se mit en attendant le dîner à supputer les charmes de Mlle Angélique Bistoquet, laquelle avait baissé les yeux sous le regard du beau militaire mais le reluquait en dessous toutes les minutes. Ce coup d'œil rapide avait dû suffire à la timide vierge, car son corsage se livra à un steeple-chase qui indiquait la mise en ébullition du petit volcan caché dans sa blanche poitrine.

De son côté, la cuisinière Elodie, qui avait vu entrer un militaire, un militaire à casque, donnait dans sa cuisine des signes d'une agitation inquiétante pour la réussite de la dinde, tournant embrochée et qu'elle arrosa dans son trouble d'une sauce génevoise destinée au saumon. Le saumon par compensation fut salé trois fois de suite.

Onze autres convives apparurent successivement.

C'étaient : M. Ducallot, vieil employé de ministère, ancien ami de Monlardon, personnage doux, inoffensif, dont l'intelligence comme les jambes s'étaient ankylosées sur le rond de cuir administratif. De plus, sourd à rendre des points à une douzaine de vases étrusques, Mlles Grattemont, deux vieilles filles de cinquante à soixante ans, dévotes, parcheminées, hargneuses, jalouses, rageant de leur célibat forcé et n'ayant plus qu'une préoccupation, en outre de celle de médire : faire rater le plus de mariages possible. Ensuite, M. Isidore Lagaffe, gros réjoui de trente ans, cousin des Monlardon ; commis voyageur pendant cinq ans, il faisait maintenant la place pour les épices et les vins. Parlant de tout, au hasard de l'improvisation, il ne perdait jamais la tête quand on le mettait au pied du mur et se tirait des plus difficiles situations par des calembours effroyables et des tours de cartes et de physique amusante où il excellait.

La bête noire des nobles de la Gripouille et des vieilles Grattemont, car il se disait libre penseur, et ne se gênait pas devant eux pour traiter le père Éternel de vieux ramolli.

M. et Mᵐᵉ Blanzingue, herboristes, de première classe, comme tous les herboristes, quarante-cinq et quarante ans, personnages nuls et muets dès qu'ils n'étaient plus entourés de leurs drogues ; M. et Mᵐᵉ Denizet, vieux tourtereaux de soixante ans, rentiers de naissance, amoureux comme à vingt ans, se bécotant encore dans tous les coins, et surnommés par Isidore Lagaffe les Philémon et Baucis de la rue des Francs-Bourgeois ; puis enfin les trois Culasse, deux frères et la femme de l'aîné, épiciers des Monlardon, invités par Anastasie pour faire nombre et redire à tout le quartier le luxe dont on allait les éblouir, et surtout propager la grande nouvelle.

En tout vingt-trois couverts.

Mᵐᵉ Monlardon allait recevoir tout le monde à la porte du salon, un sourire stéréotypé sur les lèvres et dans les yeux, et affectant d'être vite fatiguée. Elle disait à chacun, en se rasseyant après l'avoir reçu, et avec le ton dolent d'une convalescente : « Dans mon état... vous comprenez... excusez-moi. »

Comme malgré les coups de pied et les contorsions qu'elle croyait recevoir du présomptif, elle était encore aussi plate qu'une limande à jeun, Anastasie s'était fourrée une douzaine de serviettes tamponnées dans le creux figuré par son abdomen et donnait ainsi l'illusion d'une femme grosse de six mois. Aussi quelle joie pour elle, quand la première femme arrivée, Mᵐᵉ Bistoquet, qui s'y connaissait, elle, lui avait dit : « Oh ! mais, vous êtes déjà bien avancée, savez-vous ? »

Les vieilles Grattemont avaient esquissé une félicitation et ronchonnaient à part : « C'est indécent ! étaler ainsi sa honte devant des demoiselles ! »

Quant à Monlardon, il ne disait rien aux arrivants par la bonne raison qu'ayant eu le malheur de s'asseoir sur un canapé, il s'y était endormi aussitôt.

A l'observation faite par le cousin Isidore à Mᵐᵉ Monlardon que son conjoint n'était pas là, elle avait répondu avec l'accent

3

de commisération profonde que lui donnait son immense bonheur :

— Laissez-le... je le réveillerai tout à l'heure. Il s'est très fatigué depuis quelque temps.

Et elle baissait les yeux pour qu'on ne se méprît pas sur le genre de fatigue qui terrassait Eusèbe... le père de son enfant.

Le maître d'hôtel, loué pour la circonstance, apparut grave, raide, et prononça les paroles sacramentelles :

— Madame est servie.

— La main aux dames ! clama Isidore Lagaffe, le commis voyageur, qui chercha en vain à offrir la sienne à Mlle Angélique Bistoquet; mais le brigadier Lucien l'avait devancé.

Chacun prit sous le bras une chacune quelconque et tous, à la queue-leu-leu, passèrent dans la salle à manger resplendissante de clarté et bondée de toutes sortes de bonnes choses.

CHAPITRE XIV

Le dîner. — Conversation générale sur les affaires, les peaux, les cors et la politique. — Où il est encore une fois prouvé que cette dernière n'adoucit pas les mœurs. — Tatave s'oublie. — Au feu ! — Cupidon ne perd pas son temps. — Toasts inachevés.

Mme Monlardon avait à sa droite M. de la Gripouille et à sa gauche M. Denizet. Mme Denizet n'avait pas voulu se séparer de son cher Symphorien et se pressait contre lui...

M. Monlardon, en face, était garni, à droite, de Mme de la Gripouille et à gauche de Mme Bistoquet, la mère Gigogne, qui avait tenu à garder près d'elle Tatave afin de le préserver autant que possible d'une indigestion avant la moitié du repas.

La chaste Angélique était placée entre le beau brigadier et le commis voyageur. Une allumette entre deux feux, et cette allumette n'était pas de la régie ?

Les Culasse avaient un bout de table, avec Mme Blanzingue et trois Boujut, l'autre était orné des deux vieilles Grattemont, qui s'étaient emparées du célibataire Ducallot, guigné par elles depuis longtemps comme la dernière vieille branche à laquelle elles pussent raccrocher leurs vieilles espérances. Elles avaient de plus comme cavalier M. Blanzingue, l'herboriste de première classe, et le restant des Boujut occupaient les autres places.

Pendant le premier quart d'heure, on n'entendit que le bruit peu harmonieux des lèvres aspirant le tapioca de rigueur, et que dominait le cliquetis des deux formidables mâchoires du noble de la Gripouille, lequel se réservait depuis deux jours pour ce festin.

Après les hors-d'œuvre et le saumon qui fut trouvé un peu salé et dont la sauce était trop liquide (Elodie avait dû en improviser une à la hâte pour remplacer l'autre, qu'elle avait envoyée baigner les flancs de la dinde), les langues se délièrent et chacun, enfourchant son dada, partit de l'avant.

— Madame Monlardon — dit galamment de la Gripouille — ce sauternes est exquis... vous recevez vraiment d'une façon... Régence (Régence était le mot favori du noble vieillard ; il l'appliquait généralement avec plus de prodigalité que d'à-propos).

— Régence !... s'exclama Bistoquet, l'impossibiliste-anarchiste qui attendait une occasion de taper sur quelque chose — Régence ! il n'en faut plus... c'est du vieux régime. Le peuple aujourd'hui est tout ; voilà ce que je dis, moi.

— Môssieu ! — répliqua aigrement la Gripouille — la Régence était une belle époque, puisque son nom est devenu synonyme de ce qui est beau, élégant, aristocratique.

— L'Aristocratie ! n'en faut plus... la démocratie non plus... l'anarchie, il n'y a que ça.

— Mais avec l'anarchie où arriverez-vous ? Môssieu ?

— Avec l'Anar... — et Bistoquet s'arrêta un instant, interloqué, car il ne s'était jamais demandé ça, mais les hésitations n'étaient pas longues chez lui — avec l'anarchie, j'arrive à tout, attendu qu'il n'y a que ça... et si on fait le malin, je descends dans la rue, moi !

— Pourtant, objecta timidement M. Denizet — si vous détruisez tout, je ne peux pas comprendre...

— Si, môssieu — interrompit Bistoquet, en scandant son affirmation d'un coup de poing sur la table.

— Oh ! monsieur Bistoquet — dit Anastasie — je vous en prie, ne frappez pas si fort ; dans ma position, ça me résonne affreusement ici... et ça peut lui faire mal, à *lui*.

Ce *Lui* fut prononcé comme si elle avait eu une livre de miel dans la bouche.

— Pardon, madame — s'excusa Bistoquet qui reprit en baissant d'un demi-ton et, en s'adressant à Denizet — si, môssieu !... je vous le dis, moi. La ruine de la France, c'est les aristocrates... il n'en faut plus. Plus de monopoles, plus de banquiers, plus de patrons, plus de rentiers...

— Eh bien, et vous ? dit Monlardon, qui était en veine d'esprit, vous êtes rentier aussi.

— Moi, je... — et Bistoquet, pour réparer sa gaffe, ajouta : — plus de rentiers, j'ai dit ?... — c'est-à-dire, quelques-uns seulement, les purs et je le soutiens, et si on ne veut pas, je descends dans la rue, moi !

— Ah ça ! il passe sa vie dans la rue — dit Philémon Denizet à sa Baucis — où prend-il le temps de faire ses enfants ?

Alors, un des Culasse, voulant prouver que l'épicerie était à la hauteur, tenta de réfuter, à la fois, de la Gripouille et Bistoquet dans un discours d'où cherchait en vain à le repêcher le second Culasse. Il s'était empêtré dans cette phrase :

— Moi, je dis que le peuple est souverain, mais qu'il lui faut un chef... parce que dans un pays, avec le régime parlementaire... il faut une seule Chambre... parce que, avec la liberté de la presse... on ne sait pas... tandis qu'avec un chef...

— Le régime parlementaire — ricanait la Gripouille — un gâchis... une erreur... il faut, à la tête de la France, un roi, légitime... qui lui rende sa place dans le monde.

— Un roi — hurla Bistoquet — un roi!... mais qu'ils y viennent tous les prétendants ; nous nous ferons des blagues à tabac avec leurs peaux !

Vous pensez si ce dernier mot fut saisi au vol par les Boujut. Les braves gantiers n'avaient encore desserré les lèvres que pour ingurgiter.

— Les peaux! — oui vous avez raison — le gouvernement devrait s'occuper plus des peaux; ainsi, tenez, nous avons envoyé le mois dernier à Grenoble huit cents peaux de chevreaux, n'est-ce pas ? eh bien, croiriez-vous...

— Qu'est-ce que vous voulez que ça nous fasse! — interrompit Bistoquet avec un regard qui coupa la parole au clan des Boujut et fit s'arrêter l'herboriste de première classe, qui allait ouvrir la bouche pour dire que le gouvernement devrait s'occuper plutôt du bois de réglisse qui souffrait beaucoup en ce moment.

— Que les hommes sont donc ennuyeux avec leur politique, dit langoureusement l'aînée des Grattemont au bon Ducallot qui, étant sourd, ne prêtait qu'une oreille bouchée à la conversation générale.

Ducallot opina de la tête et sourit pour faire croire qu'il avait entendu.

— S'ils s'occupaient des dames encore, renchérit la seconde Grattemont, en lançant un coup d'œil engageant à Ducallot qui répondit :

— Merci, non, je ne souffre pas des cors.

Les deux Grattemont atterrées ouvraient des yeux énormes, car Ducallot, placé sur son terrain, se mit à leur conter l'histoire de ses cors, depuis leur naissance jusqu'à l'heure actuelle, et il en avait une collection rare.

Cinq personnes seulement ne s'étaient pas mêlées à la conversation générale. C'étaient Mme de la Gripouille, occupée à fourrer dans ses poches les ronds de saucisson, les olives et tout ce qui traînait de comestibles à sa portée ; Tatave qui se bourrait à en crever sous l'œil paterne de Mme Bistoquet grondant pour la forme seulement, et le trio fourni par Angélique pressée entre ses deux cavaliers, le cuirassier et le commis voyageur.

La pâleur d'Angélique avait fait place à des rougeurs intermittentes, voyageant de la racine des cheveux à la naissance

de la gorge appétissante que laissait deviner un mince entre-
bâillement du corsage. L'allumette avait pris feu entre les
deux foyers incandescents.

Sous la table un discours expressif, éloquent, était tenu par
le genou droit de Lucien, le brigadier, au genou gauche d'Angélique qui n'osait pas encore donner la réplique mais écoutait
sans s'éloigner sensiblement.

Isidore avait essayé d'entamer la même conversation avec le
genou droit de la belle enfant mais celle-ci, préférant le brigadier, avait tout de suite laissé tomber l'entretien à peine
ébauché et le commis voyageur, de guerre lasse, se consolait
en montrant aux Culasse ébaubis la manière de tenir la lame
d'un couteau, fixée par le côté tranchant le long des doigts et
cent autres tours, qui lui avaient valu une réputation incon-
testée dans toutes les tables d'hôte de la province.

La dinde fut trouvée excellente : la sauce génevoise n'avait
rien gâté. Un seul incident marqua la fin de ce service, Tatave
eut une indigestion, et comme il avait prévenu trop tard sa
maman, Mme Blanzingue, qui avait le malheur de se trouver à
la portée du galopin, en fut pour une robe à faire dégraisser le
lendemain.

Quelques grognements articulés d'une manière diverse
accueillirent ce manquement aux usages du monde où l'on
dîne.

— Cet enfant n'est pas Régence, murmura dédaigneusement
de la Gripouille.

— Il est bien mal élevé, ce petit garçon, dirent les Grattemont à Ducallot qui répondit sans hésiter :

— Moi aussi je ne porte que des chaussettes de coton.

— C'est bien ennuyeux, fit Mme Blanzingue en contemplant
sa robe maculée.

— Ne vous inquiétez pas, riposta Mme Bistoquet, se
méprenant en bonne mère sur cette exclamation, ça ne sera
rien, dans cinq minutes, il va recommencer de manger.

— Il est charmant ! s'écria Isidore, il a le cœur sur la main
ce crapaud-là !

— Moi, j'ai le mien bien malade, murmura Lucien à Angélique, il voltige sur mes lèvres et voudrait se poser sur les
vôtres.

— Oh ! monsieur, crut devoir minauder Angélique, dont
tout le visage devint écarlate.

Mais son genou atténua la rigueur de cette exclamation et
convainquit le brûlant cuirassier que la même voltige s'opérait
sur les lèvres roses de sa voisine, chauffée à un nombre considérable d'atmosphères.

Sur l'ordre, sans appel, de Bistoquet père, Tatave avait été
expulsé de la salle à manger comme un simple Prétendant.

Tout à coup, il reparut au milieu des convives en courant,
et joyeux, comme s'il était porteur d'une excellente nouvelle,
il s'écria :

— M'man ! m'man !... y a l'feu !

— Le feu ! et tout le monde se leva précipitamment, sauf
Ducallot, qui n'entendait rien, et M⟨me⟩ Monlardon qui se trouva
mal et se laissa glisser dans un fauteuil en murmurant : « Sau-
vez mon fils d'abord ! »

Pendant que Monlardon et les dames Culasse, Bistoquet et
Boujut s'empressaient autour de la maîtresse du logis et cher-
chaient à la faire revenir à elle, les hommes s'étaient précipités
vers la cuisine.

Le brigadier avait entraîné Angélique pour lui sauver la vie
et tous deux avaient disparu par un autre côté.

Dans la cuisine, effectivement, un pompier était en train
d'accabler Elodie de reproches amers, si l'on en jugeait par ces
mots qu'il prononçait quand les invités affolés entrèrent :

— Prenez garde ; que ce n'est pas au vis-à-vis d'un pompier
qu'il faut jouer avec le feu !...

— Où est le feu ? demandèrent Isidore et tous les Culasse
renforcés par les Boujut, poussés par Blanzingue et la Gripouille.

— Quel feu ?

— Mais le feu !

— Pardon, excuses, quel feu, sauf vot' respect? réitéra le
pompier en faisant le salut militaire.

— Il n'y a donc pas le feu ?

— Que j'en suis pas-t-avisé, dans ce cas.

— Mais ce pompier ? Expliquez-nous... fit Boujut junior à
Elodie.

— Ce pompier-là.... pardine !.. c'est mon cousin, qu'est
venu me dire comme ça... bonsoir... en passant, par hasard.

— Oh ! par hasard certainement... en passant .. je passais,
et alors je n'ai pas voulu passer sans profiter de l'hasard.

— Compris ! conclua Isidore en pinçant Elodie à la dérobée,
le feu n'est pas visible à l'œil nu... retournons à table.

M⟨me⟩ Monlardon revenait à elle ; on la rassura et chacun se
mit à attaquer le camembert et le brie, qui jetaient par la salle
leurs effluves pénétrants.

— Et ma fille? s'écria M⟨me⟩ Bistoquet, en voyant vide la place
d'Angélique.

— Et mon neveu? fit de même M. de la Gripouille, en cons-
tatant l'absence du cuirassier.

— Les v'là ! hurla Tatave, qui venait d'explorer l'appartement de fond en comble, ils étaient dans le fond, là-bas ;
l'soldat y faisait faire dodo-calino à Angélique.

— Sale gosse ! murmurait le brigadier en rentrant, suivi par
Angélique, rouge comme une tomate.

— Comment? faire dodo? Qu'est-ce que ça veut dire? interrogea sévèrement Bistoquet père.

— C'est bien simple, répondit Lucien, j'ai cru que le feu était dans la maison, et voulant sauver mademoiselle au péril de ma vie, je l'avais prise dans mes bras pour me précipiter avec elle par une fenêtre.

— Il y a mis le temps pour choisir la fenêtre, dit tout bas Isidore aux Culasse, qui s'esclaffèrent.

— Alors, c'est différent, môssieu, fit Bistoquet et tendant la main à Lucien; vous êtes un brave, vous êtes digne d'être impossibiliste-anarchiste.

— Mon neveu est tout à fait... régence, opina de la Gripouille.

Les jeunes gens reprirent leur place et les genoux ne se quittèrent plus.

— Que c'est vilain, monsieur Lucien, disait tout bas Angélique; si mon frère n'était pas arrivé... vous me forciez à crier, à appeler, tellement vous vous conduisiez mal.

— Oh! pouvez-vous dire?... Je croyais au feu et je voulais vous sauver...

— Vous pouviez me sauver sans me tenir comme ça... sous... enfin, comme vous faisiez.

— Mais c'était pour réussir le sauvetage... belle Angélique... votre robe de soie aurait glissé dans mes mains, tandis que...

— Assez! vous me faites rougir encore.

Ils pouvaient parler à leur guise. La cacophonie était à son comble, grâce au champagne qui coulait à flots maintenant. Les deux antagonistes, de la Gripouille et Bistoquet, parlaient à la fois, l'un du droit divin et de ses ancêtres, qui étaient tous morts en Palestine; l'autre, du misérable Louis XV, qui était le digne fils de son père, cette vieille brute de Louis XIV. Ah! Bistoquet n'y regardait pas de si près en fait d'Histoire, et il affirmait qu'on avait rudement bien fait de guillotiner la marquise de Pompadour en 93, parce qu'elle avait donné de l'argent pour faire fusiller le maréchal Ney, lequel voulait renverser le ministère Villèle.

Les Boujut et les Culasse n'avaient d'yeux et d'oreilles que pour Isidore, qui avait changé de place au dessert et leur faisait sauter une pièce de dix sous de la nappe dans un verre, à chaque coup.

Un pari venait de s'engager entre un Boujut et lui, sur la force musculaire de chacun: il s'agissait de soulever une chaise, par le dossier, à mâchoire tendue.

Monlardon luttait encore contre le sommeil et faisait semblant de les regarder. Blanzingue avait entrepris Ducallot et lui parlait de la réglisse en souffrance, à quoi le sourd répondait par l'histoire de ses cors, que les vieilles Grattemont n'avaient pas paru écouter religieusement.

Mme Monlardon, entourée des Bistoquet, Boujut, Culasse et Blanzingue femelles, leur causait de *Lui*, de ses espoirs et les accablait de questions sur les phases à venir de sa position.

Les deux Grattemont boudaient, et le couple des vieux Denizet se faisait des mamours, les mains enlacées, les yeux dans les yeux ; ils se rappelaient leur repas de noces avec ses suites, dont le souvenir réveillait un pétillement joyeux dans l'œil des deux bons vieillards.

A la cuisine, le pompier, après une scène terrible occasionnée par la présence du casque de Lucien, qu'Elodie avait été prendre au vestiaire afin de le contempler en tournant ses sauces, — le pompier avait condescendu à s'humecter largement, et sa condescendance l'avait mis dans un état joyeux dont souffrait fort le corsage opulent d'Elodie, qui le menaçait en vain de l'arrivée possible des patrons. A chaque alerte, elle le faisait rentrer dans une immense armoire-garde-manger où il pénétrait en ronchonnant et d'où il ressortait plus enflammé encore.

— Attention ! disait Bistoquet en se dressant sur des jambes flageolantes, je vas porter un toast.

— Moi aussi, ajouta de la Gripouille, et moi le premier... Je bois aux classes dirigeantes, dont la supériorité...

— Du flan ! interrompit impoliment Bistoquet, moi je bois à la Révolution impossibiliste-anarchiste, à la destruction...

— Zut pour la politique ! — cria Isidore — on va chanter... chacun à son tour... ça vous va-t-il ?

— Oui !... firent tous les hommes et les femmes en chœur à l'exception de Bistoquet qui s'affala sur une chaise, en disant d'un ton de profond mépris :

— Malheur !.. et ça s'appelle des citoyens !

CHAPITRE XV

Où l'auteur éprouve le besoin de se livrer à une petite digression au sujet de la chanson au dessert. — Partie de concert mouvementée. — Les deux bons vieux. — Ça se gâte. — Nouveau proverbe à mettre dans la circulation : ventres remplis n'ont plus d'oreilles. — Deux casques.

Parmi les vieilles coutumes qui tendent à disparaître de notre cher pays de France, il en est une que je regrette particulièrement ; c'est celle qui faisait de la chanson le complément indispensable de tout repas de famille où quelques amis étaient invités.

Non pas que je veuille dire qu'on ne chante nulle part, au dessert ; je sais que la tradition s'est conservée dans bien des familles de la bourgeoisie et du peuple, mais il faut constater que cette charmante habitude n'est plus aussi répandue qu'autrefois.

A qui la faute ?

A des causes diverses.

A la politique d'abord. A cette horrible politique qui fait dire gravement tant de bêtises à des gens réputés sensés ; à l'écœurante politique, cette suprême ressource des bavards et des poseurs, des prud'hommes et des avocats en rupture de clientèle ; à la politique qui fait qu'à la fin du repas, les hommes échauffés par les libations et mis en branle par l'orateur de la société, se lancent dans des questions qui leur sont généralement étrangères ; criant, gesticulant, interrompant, suant, s'invectivant au besoin, les uns pour *machin*, les autres pour *chose*, deux illustres hommes d'Etat, qui n'en connaissent pas beaucoup plus sur la matière que leurs naïfs partisans.

Et pendant que la table sert de tribune aux vociférateurs politiquaillant, les femmes bâillent et la chanson, dont l'heure était venue, est mise au rancart.

La faute en est aussi au cigare.

Tout le monde fume maintenant (tout le monde masculin s'entend) et le café n'est pas encore servi dans les tasses que la salle à manger est remplie de fumée.

Toutes les femmes ne peuvent pas supporter cette odeur ni cette atmosphère ; d'où désertion de la partie enjuponnée de l'auditoire qui va se dédommager en papotant dans la chambre d'à côté.

Autre cause encore : Une partie de la moyenne bourgeoisie — celle où le culte de la chanson, au dessert, était le mieux desservi — singe maintenant le grand monde ; il faut quitter la salle à manger pour passer au salon prendre le café. Les convives qui étaient arrivés juste au point de belle humeur, sont obligés de reboutonner le gilet qui s'était relâché d'un cran à chaque plat, et d'aller refroidir leur gaieté dans la salle voisine où la chaîne communicative ne se renouera pas.

Ce qui était généralité est devenu exception et on les compte maintenant les maisons où l'on chante encore au dessert.

C'était gai pourtant, et bien français !

A peine, la dernière *santé* portée par un des convives, tout le monde s'écriait : Une chanson ! une chanson ! et... personne ne voulait entamer le feu !

« — C'est M. Anatole qui va commencer ! » disait Mlle Claire. une brunette, dont l'œil mutin troublait fort le susdit Anatole,

« — Oh ! non, mademoiselle Claire... C'est à vous... vous chantez si bien !... »

Mlle Claire se faisait encore prier un peu par tout le monde et puis, après avoir affirmé qu'elle était enrouée ce jour-là, elle détaillait, les yeux baissés et rouge comme une cerise, l'*Arche Marion* ou *Jeanne, Jeannette et Jeanneton.*

Les bravos éclataient et c'était le tour de M. Anatole, qui grillait d'ailleurs de l'envie de se faire entendre. Il sortait sa voix des dimanches et ténorisait (les yeux fixés sur Claire qui du rouge tournait au pivoine) : *Il existe un objet charmant !*

Et chacun, à la ronde, devait dire la *sienne* ; pas d'exception.

Le grand-père, un vieux brave, chevrotait : L'*Aimable Fanchon* et *Fanfan la Tulipe*, et la cousine, une vieille prêtresse de Sainte-Catherine, dont les aspirations incomprises avaient parcheminé les charmes, soupirait d'une voix de clarinette amoureuse : *Fleuve du Tage* ou *Dans un Délire extrême.*

Mais ce n'étaient là que les hors-d'œuvre.

Quand le tour de l'oncle Thomas arrivait, sa femme, inquiète, lui lançait un regard rapide et lui soufflait tout bas : « Tu sais... fais attention... il y a des jeunes filles... passe ton tour. » Mais l'oncle Thomas n'entendait pas de cette oreille et, bon gré, mal gré, entonnait une joyeuseté gauloise, après avoir prévenu d'ailleurs que ça pouvait se chanter et que les demoiselles n'y comprendraient rien ; ce qui faisait prêter la plus grande attention aux jouvencelles averties.

On poussait quelques « Oh ! », quelques « Ah ! » moins par pruderie que pour faire voir qu'on avait saisi le sens caché et la morale ne s'en portait pas plus mal pour ça.

J'estime qu'il vaut mieux laisser nos filles écouter chanter le *Maire d'Eu* ou l'*Ecu de France*, que d'oublier, à leur portée, un feuilleton de l'école naturaliste ou toute autre étude des ruisseaux parisiens.

Et tous les chefs-d'œuvre de nos chansonniers y passaient. Les refrains de Béranger, de Désaugiers, d'Arnaud Gouffé, d'Emile Debraux, alternaient avec les romances de Masini, d'Abadie, d'Arnaud, de Labarre, d'Henrion.

On s'attendrissait avec les uns, on riait avec les autres : La douleur du

> ... Petit mousse
> A bord d'un vaisseau royal...

était partagée par tout le monde et un couplet chauvin de Béranger, mettait des éclairs dans les yeux et de la fierté dans le cœur,

Le chauvinisme ! encore quelque chose qui s'en va, et je dis de nouveau : Tant pis !

Mieux valaient les chauvins, les convaincus, les exaltés, tous ceux-là qui croyaient à l'avenir et à la grandeur de leur pays, que ces abâtardis, pessimistes et trembleurs, qui ont peur de leur ombre maigrelette et prêcheraient volontiers la reculade, ne comprenant plus d'autre moyen de se mouvoir.

La Chanson et le Chauvinisme ont une corrélation intime. Ni l'un, ni l'autre ne sont morts tout à fait, heureusement, et j'espère que leurs beaux jours reviendront.

Mais revenons à nos Monlardon.

— C'est à vous de commencer, dit Anastasie à M. de la Gripouille. Mme de la Gripouille m'a dit que vous aviez une voix charmante.

— Volontiers, répondit le noble interpellé, flatté qu'on s'adressât à lui tout d'abord.

Et d'une voix, qui avait dû être à vingt ans celle d'un ténorino en mue, et qui maintenant était fausse à rendre des points à une clarinette bouchée, il commença sur l'air : *A peine au sortir de l'enfance.*

LE RETOUR DU LYS

Il reviendra le doux emblème
De la pureté de nos lois...
Du lys...

— Ousqu'est ma trique ! ricana Bistoquet.

M. de la Gripouille, arrêté net sur son lys, la bouche ouverte comme s'il allait pondre un œuf, se laissa retomber sur sa chaise en murmurant : Quelle société, ô mes aïeux !

— Monsieur Bistoquet on ne doit pas interrompre les chanteurs, dit sèchement Anastasie au farouche ex-limonadier.

— De quoi ! riposta ce dernier, je ne l'empêche pas de

chanter ; il peut bien nous dire pourquoi il est revenu,
Ulysse. Je m'en bats l'œil.

Malgré cette permission... Régence, et les supplications peu
sincères des convives, M. de la Gripouille se renferma dans
un mutisme dédaigneux.

— C'est des manières, ajouta Bistoquet en se levant. Je ne
me fais pas prier, moi, et je vas vous en envoyer une : Ecoutez
moi ça et attention au refrain :

> Le riche est un démon, vomi par l'enfer même
> Pour dévorer le sang du pauvre travailleur.

Allez-y en chœur :

> Le riche...

— Non ! non ! pas ça clama toute l'assemblée, pas de politique... ce n'est pas amusant !... une autre :

— Malheur ! fit Bistoquet en se rasseyant et en haussant
les épaules, et ça s'appelle des citoyens ?

— Mademoiselle Angélique va nous chanter quelque chose,
dit vivement Anastasie pour effacer la mauvaise impression
causée par ces deux débuts... pénibles.

— Moi ?... je ne sais rien, répondit la chaste enfant, en
repoussant sous la table la main de Lucien qui laissait tomber
sa serviette à tout instant.

— Mais si, dit Mme Bistoquet, sa mère, tu en sais des tas.
Chante-nous... *Le Sentier couvert*... ou bien... *Mon Chapeau des
dimanches*... ou bien...

— Non, tout à l'heure... ce n'est pas mon tour... après...

— Moi j'en sais une, criaient à la fois Boujut fils et Culasse
aîné.

— Je vais vous mettre d'accord, hurla Isidore. Je commence :

— Surtout, que ce soit convenable, monsieur Isidore, — dit
Anastasie qui connaissait le commis voyageur.

— Bah !... les dames fermeront un peu les yeux...

— Pardon, monsieur, dit l'aînée des Grattemont, il y a des
demoiselles, ici.

— Ce jeune homme n'a pas souci de notre pudeur, fit la
seconde Grattemont à Ducallot qui reprit avec étonnement :

— Vraiment ?... il a une drôle d'odeur ?

Mais les Culasse et les Boujut, après un accord fait rapidement entre eux, entonnèrent :

> Vive le vin,
> Vive ce jus divin,
> Je veux jusqu'à la fin... etc.

et force fut à tout le monde de les écouter et de faire chorus,
sauf Monlardon qui dormait, les Gripouille qui boudaient, et
Bistoquet, qui, gris comme un ciel anglais, se tenait un discours
politique en s'interrompant à chaque mot par des bravos
frénétiques.

Quand le « jus divin » eut été vociféré vingt fois, Anastasie
— pour arrêter le commis voyageur qui venait d'annoncer une
romance intitulée : *La main d'ma sœur dans les ch'veux d'un
zouave*, — s'adressa à Mme Denizet :

— Madame Denizet, vous qui récitez très bien, dites-nous un
monologue ?

— Moi ?... je ne sais pas assez... balbutia Baucis en interrogeant de l'œil son Philémon.

— Mais si... dis-nous quelque chose, supplia son vieux
conjoint en la couvrant d'un regard attendri.

— Alors je vais vous dire... ce n'est pas bien gai, je vous
préviens...

— Ça variera, firent les Blanzingue.

— Elle va nous raser, confia tout bas Isidore aux Culasse.

— Voilà, reprit Mme Denizet en regardant son mari, c'est un
récit que j'ai entendu faire par Mlle Réjane et, comme il exprime
bien mes sentiments, je l'appris par cœur.

— Ecoutez ! ordonna Anastasie sévèrement, car les Boujut
et les Culasse commençaient à la sourdine : *Vers les rives de
Fran...an...ce.*

Et Mme Denizet, émue comme une fillette qui lit le premier
billet doux, commença :

LETTRE D'UNE BONNE VIEILLE A SON BON VIEUX

> Sais-tu que voilà huit grands jours,
> Huit éternités ! mon Etienne,
> Que tout ici bas suit son cours
> Sans que ma main soit dans la tienne.
> Aussi c'est toi qui l'as voulu,
> (Moi j'y voyais plus d'une entrave)
> Quand tu m'as dit, l'air résolu
> Et bien haut, pour paraitre brave :
> « Allons ! nous n'avons plus vingt ans,
> « Un mois passe vite, que diable !
> « Ils te réclament, ces enfants
> « Depuis dix ans, sois raisonnable...
> « Eh ! Eh ! je me porte assez bien
> « Pour que tu sois moins anxieuse.
> « Pars ! » Non, va... je ne dis plus rien,
> Pardonne à ta vieille grondeuse.
> Il fait un temps délicieux
> Tout est fleuri... le soleil brille...

C'est à qui me choira le mieux
Dans notre adorable famille.
Paul te ressemble... que c'est toi !
Si tu voyais ces têtes blondes
Bondir !... mais on me fait la loi
Et je dois entrer dans les rondes...
Tout ça saute, babille.... on sent
Le bonheur pur, franc, sans mélange ;
Jeanne, hier, a fait une dent...
Comme elle a souffert le pauvre ange.
Notre André... quel bon petit cœur !
(Il a votre bouche, grand-père),
Pleurait de voir souffrir sa sœur
Et faisait ainsi sa prière...
Nous l'entendions dire à genoux :
« Zeanne pleure, elle est si petite,
« Ze lui donnerai mes zouzoux...
« Mon bon Dieu, guéris-la bien vite ! »
Cet enfant-là, c'est un trésor !

Croirais-tu, mon ami, qu'Ursule...
Elle me l'a dit dit, est encor...
Oui !... de nouveau... C'est ridicule !
Leur dernier à peine sevré !
J'ai grondé fort, je te l'assure,
Sur l'abus inconsidéré
Qu'ils font de la progéniture !
Leurs baisers ont couvert ma voix,
Ils sont sans remords, les coupables !
(Puis, je me souviens qu'autrefois
Nous n'étions pas plus raisonnables.)

Chaque soir, après le dîner,
Lorsque la chaleur est moins forte,
Nous allons tous nous promener
Au bois, à deux pas de la porte.
Chacun devise autour de moi,
Assis en cercle au pied d'un chêne...
J'écoute... mais je pense à toi ;
Tu tois bien t'ennuyer, Etienne ?
La brume arrive et l'on revient...
Les nuits sont fraiches... pas de veille !

J'espère aussi qu'il te souvient
Des prescriptions de ta vieille ?
Quand je suis loin, j'ai peur de tout :
Suis mes conseils, je t'en conjure ;
Mets tes bas de laine surtout,
Et ne quitte pas ta fourrure !
C'est que je connais tes défauts,
Ton imprévoyance ordinaire ;
Avant tout, garde tes pieds chauds.
Ce mois de mai t'est si contraire.

Tiens ! écoute... car je crains tant !
Si tu m'écrivais une lettre
Où tu te dirais fort souffrant ?
(Mens un peu, Dieu doit le permettre)
Je pourrais partir sans retard.
Rien ne me retiendrait en somme ;
Et dans quatre jours au plus tard,
Je serais près de toi, mon homme.
Car vois-tu bien, mon pauvre vieux,
Nous ne sommes rien l'un sans l'autre
Pour être un, il faut être deux,
Dans un bonheur comme le nôtre.
Puisque nous avons pu rêver
De faire à deux le grand voyage,
Pense qu'il pourrait arriver
Qu'un de nous... seul ! Dame ! à notre âge,
Quand on a pendant quarante ans
Marché droit sur la même route,
Les yeux dans les yeux, confiants,
Sans que le cœur ait su le doute,
On n'a plus le droit, vois-tu bien,
De séparer ses vieilles têtes...
Bon !... je pleure... et ne vois plus rien...
Les larmes troublent mes lunettes...
Allons ! je t'embrasse... à bientôt...
Et pardonne à mon radotage,
Je ne veux plus t'en dire un mot...
Mais... ce que j'ai dit est fort sage.
Je souffre d'un pressentiment,
Réponds-moi... par le courrier même...
Je t'embrasse encor... tendrement...
Tiens !...

                    Ta vieille femme qui t'aime !

— Bravo ! bravo !

La diseuse et son vieux pleuraient, l'une en disant, l'autre en écoutant. Pour ces braves cœurs, tout enamourés comme en leur printemps, c'était d'eux qu'il s'agissait dans cette lettre ; ils avaient tant de fois fait le serment, eux aussi, de faire le chemin de la vie la main dans la main, et chacun à part s'était juré de ne pas faire un pas de plus quand l'autre se serait arrêté pour toujours.

— Bravo ! cria Isidore, c'est très joli ; mais pour ne pas rester là-dessus, je vais vous chanter le *Curé Trécy*.

Les deux vierges Grattemont, qui paraissaient connaître tout le répertoire de la gaudriole, se levaient déjà pour protester au nom de leur vieille pudeur menacée, mais Bistoquet ne leur en laissa pas le temps. Il venait de terminer une profession de foi ultra-impossibiliste à des électeurs invisibles ; le cerveau en flamme, il se leva, non sans peine, car il arrosait ses périodes,

et, d'une voix tonitruante, s'adressant à M. de la Gripouille,
qui continuait à faire son nez vis-à-vis de lui :

— Il m'a insulté !... Un citoyen ne peut pas souffrir d'être
ravalé par une vieille poire tapée d'aristo... je le défie, à pied
et à cheval... qu'il sorte tout de suite avec moi... dans la rue...
je le méprise !

M. de la Gripouille se leva, blême, solennel.

— Cette dernière grossièreté est la goutte d'eau qui fait déborder le vase de ma patience... Venez, madame de la Gripouille... venez mon neveu. Sortons d'une maison où l'on peut vous insulter impunément.

Mme de la Gripouille se leva, enchantée de partir, car ses poches ne pouvaient plus rien absorber ; mais Lucien n'était pas content, ça marchait si bien avec la timide Angélique, qui venait de lui confier qu'elle allait tous les mardis chez sa tante, à trois heures, et qu'elle traversait le jardin des Tuileries.

— Mais, mon oncle... voulut dire Lucien.

— Venez ! je le veux... Nous ne resterons pas un instant de plus ici.

— A bientôt ! soupira Lucien à l'ingénue, qui répondit en rendant la pression de main passionnée du jeune homme :

— Au revoir, monsieur Lucien...

Et, comme se parlant à elle-même, elle ajouta :

— Dire que c'est déjà demain mardi !

— C'est votre faute, M. Bistoquet, fit Anastasie courroucée,
c'est vous qui gâtez la fête...

— Ma faute ? à moi ?... Ah ! c'est comme ça que vous le prenez... Pstt !... la femme... les enfants... filons, puisqu'on nous traite de gêneurs... Je vous ferai voir, moi, que des citoyens se fichent pas mal d'un dîner. Psstt !... Allons !

Et, sur un geste sans réplique de leur époux et père, Mᵐᵉ Bistoquet et Angélique cueillirent Tatave endormi dans un coin, puis tous les quatre suivirent les la Gripouille qui prenaient leurs pardessus dans l'antichambre.

Ce fut une débandade générale. Malgré les prières de madame, les Boujut, les Culasse, les Blanzingue, les Denizet, les Grattemont, Isidore et Ducallot, emboîtèrent le pas aux mécontents avec l'entrain de gens qui n'ont plus ni faim ni soif et qui ne peuvent chanter qu'à leur tour.

Mais dans l'antichambre il y avait encore du grabuge. Lucien réclamait son casque disparu et Elodie troublée venait de lui en apporter un, privé de sa queue de cheval et trop étroit de moitié. Dans son trouble et surprise par le départ précipité des convives, elle avait apporté le casque du pompier, lequel, pour la dixième fois, venait d'être fourré dans l'armoire.

— Qu'est-ce que ça signifie, Elodie ? — interrogea Mᵐᵉ Monlardon en suivant la bonne à la cuisine :

— Je ne sais pas, madame, je vous le jure ! répondit Elodie en chargeant sa voix de toute l'innocence qu'elle avait encore à sa disposition.

Tout à coup, un bruit épouvantable se produisit dans l'armoire où une douzaine de pots semblèrent dégringoler, en se brisant : les deux battants s'ouvrirent et le pompier coiffé d'un casque de dragon, mis sens devant derrière, apparut, l'uniforme déboutonné, et enduit de confitures de la tête aux pieds.

— Un soldat ! dans mon garde-manger!

— On étouffe verticalement dans ce bahut-là, hoqueta le brave pompier, lequel avait absorbé toute la desserte liquide de la table et qui ne se tenait plus sur ses jambes.

Elodie s'était empressée de lui enlever le casque de Lucien et de le porter à son propriétaire.

— Que faites-vous là? demanda Anastasie au pompier.

— Moi, je passais... par hasard... alors que j'ai vu une armoire... et turellement je suis entré... mais il fait bougrement chaud là dedans... même que je sentais qu'il poussait des cheveux à mon casque... à part ça... ça va bien?

Et il tendit, sans fierté aucune, la main à Mᵐᵉ Monlardon, qui, voyant revenir Elodie, dit avec une colère mal contenue :

— Mettez cet homme dehors... et demain, nous causerons.

Elle rentra dans la salle à manger qui n'était plus garnie que de Monlardon dormant sur sa chaise. Le tumulte du départ n'avait pu le réveiller. Au dehors, les invités, avant de se séparer, échangeaient leurs impressions sur la soirée par cette phrase courte, mais éloquente :

— Quand on m'y repincera chez les Monlardon !

— En voilà une maison !... Ça fait des embarras, voilà tout !

Seuls, les Denizet, bras dessus, bras dessous, regagnaient heureux leur domicile et Baucis disait à Philémon en rentrant dans le nid modeste où ils logeaient depuis trente ans :

— Qu'on est bien chez soi... et que nous ferions mieux de ne plus aller chez les autres, puisque nous nous suffisons.

— Bah !... même au milieu de la foule ne sommes-nous pas toujours seuls, ma bonne adorée !

CHAPITRE XVI

Conseil de cabinet où il est question de l'avenir du Présomptif. — Elodie
montre un profond dédain pour les conséquences possibles de son
amour des casques. — Catastrophe imprévue. — L'héritier des Monlardon devance l'appel.

Les Monlardon eurent un sommeil agité ; madame, parce que
la soirée sur laquelle elle comptait tant pour éblouir le quartier, avait mal fini et monsieur parce qu'il avait trop mangé
de la dinde qui lui gardait rancune en s'obstinant à ne pas
descendre plus bas que l'estomac.

Au petit jour, Anastasie vint trouver son époux ronflant ;
car si la paix était faite entre les conjoints, le lit à part continuait, madame ne voulant pas exposer le présomptif à être
écrasé par son énorme père qui se retournait quelquefois, dans
la couche, sans crier gare.

Monlardon dut se réveiller quand même malgré ses protestations ; sa femme avait un tel air de gravité qu'il ne put s'empêcher de s'écrier :

— Comment !... il y en a un autre encore !

— Non Eusèbe... mais j'ai mal dormi. L'avenir de notre fils
m'a troublé le sommeil.

— Moi, c'est la dinde.

— Et j'ai pensé qu'il était temps de prendre un parti ; de
choisir une carrière digne de lui.

— Tu es folle... attends qu'il soit né, au moins.

— Non, Eusèbe... cet enfant est tellement précoce, je le sens,
que nous serons surpris par son arrivée sans avoir rien décidé.
Occupons-nous, dès aujourd'hui, de celui que bientôt je tiendrai
pendu, souriant à mon sein.

Monlardon regarda tout ahuri la poitrine de sa femme,
sur laquelle retombait perpendiculairement, sans faire le

moindre pli, la chemise boutonnée au cou, — avec le stupide étonnement d'un homme à qui l'on viendrait d'apprendre qu'un cambrioleur a déménagé la tour Eiffel et il s'écria :

— Tu vas le nourrir ?... toi !

— Et pourquoi pas, répliqua Anastasie, avec un tel accent de conviction que Monlardon se contenta de murmurer : Pauvre petit !

Anastasie s'assit sur le bord du lit, tout au bout, faisant face à Monlardon qui avait réussi à se mettre sur son séant en s'arc-boutant contre les oreillers en pile. Et la conversation suivante s'engaga sur les destinées des Monlardon.

ANASTASIE, *pontifiant.*

Jusqu'à ce jour, Eusèbe, je ne t'ai jamais consulté sur quoi que ce fût, car ça me paraissait complètement inutile. (Monlardon acquiesça de la tête et bâilla.) Aujourd'hui c'est différent. Tu t'es réhabilité à mes yeux et dans mon cœur ; pas autant que je l'aurais désiré, mais tu as probablement tout dépensé dans cette unique réhabilitation d'où a germé celui qui sera un jour notre orgueil et couvrira de gloire le nom des Monlardon. J'ai besoin de me confesser avant de parler de lui, car ma conscience veut être pure de tout remords. Ecoute-moi donc.

MONLARDON, *se frottant les yeux.*

Pendant le déjeuner nous aurions été mieux...

ANASTASIE

Non, tout de suite. Eusèbe, ton indifférence avait porté ses fruits : Je ne t'aimais plus !

MONLARDON, *avec indifférence.*

Ah !

ANASTASIE, *d'une voix sépulcrale.*

Et souvent j'ai eu la coupable pensée de... te tromper.

MONLARDON, *portant la main à sa poitrine.*

Ah !

ANASTASIE, *affectueusement*.

Tu souffres, je te comprends... c'est cette confidence.

MONLARDON, *faisant la grimace*.

Non... c'est la dinde.

ANASTASIE

Rassure-toi... Je n'ai plus que des idées pures, que des rêves chastes. La femme s'est effacée devant la mère et désormais tu pourras porter le front haut sans frémir pour ton honneur.

MONLARDON, *calme*.

Je t'assure que...

ANASTASIE, *l'interrompant*.

Maintenant que j'ai déchargé ma conscience, je ne veux plus penser qu'à Lui. Que sera-t-il? Tout. Mais encore faut-il guider ses premiers pas dans la voie glorieuse. Quelle carrière lui choisir?

MONLARDON

Moi, je crois...

ANASTASIE, *l'interrompant*.

J'ai tout prévu. J'ai d'abord pensé à en faire un avocat. Ça mène à tout, dit-on. Qu'il serait beau à la barre, frappant du poing, les cheveux au vent, l'éloquence coulant à torrents de sa bouche, arrachant des larmes aux juges eux-mêmes en défendant la veuve et l'orphelin.

MONLARDON

Oui... mais pas la veuve et l'orphelin comme clients.

ANASTASIE

Et pourquoi?

MONLARDON

Parce que la veuve et l'orphelin n'ont pas le sou. J'aimerais
mieux le voir faire acquitter les membres des Conseils d'admi-
nistration, ça rapporte plus.

ANASTASIE

Ce n'est pas ces considérations mesquines qui me font rejeter
pour Lui cette brillante carrière... Avocat, il deviendra député,
— il paraît que c'est forcé, — député il voudra servir une
cause noble et un jour il se fera tuer sur les barricades.

MONLARDON

Tu exagères... tous les députés ne...

ANASTASIE

Si !... lui sera comme ça. Depuis que j'ai lu qu'un député
avait voulu montrer comment on mourait pour vingt-cinq
francs...

MONLARDON, *oubliant la situation et chantonnant.*

Pour vingt-cinq francs... pour vingt-cinq francs... pour
vingt-cinq francs cinquante.

ANASTASIE, *sérieuse.*

Non, pour vingt-cinq francs juste. Depuis, la toge m'a fait
peur et portant mes vues ailleurs, j'ai pensé à en faire un
médecin, un grand médecin.

MONLARDON.

Un médecin ?... oui, c'est un bon métier ; on gagne gros.

ANASTASIE, *avec vivacité.*

Et les dangers ?... Comment, père dénaturé ! tu le voudrais.

voir au milieu des épidémies, du choléra, bravant tout, et victime de son dévouement à la fleur de l'âge.

MONLARDON.

Et puis il pourrait rapporter ça chez nous !

ANASTASIE.

Donc, j'ai écarté la médecine. Peintre, sculpteur, ça me séduisait... un grand artiste... au Salon. On dirait : « C'est sa mère ! » en me voyant passer. Il aurait la médaille d'honneur, la croix au moins...

MONLARDON.

Et des commandes de la Ville.

ANASTASIE.

Oui, mais il y a un danger. Pour peindre, pour sculpter, il faut des modèles. Il paraît que les artistes emploient des horreurs de femmes, très belles, qui se déshabillent tout à fait devant eux... tout à fait, entends-tu ?

MONLARDON, s'échauffant à ce tableau.

On ne doit pas s'embêter dans ce métier-là !

ANASTASIE, l'interrompant.

Et vous ne comprenez donc pas que mon fils, qui tiendra de moi, qui aura les fougues généreuses de mon sang, ne pourra pas rester calme devant ces spectacles et qu'il se tuera à force de... de...

MONLARDON.

De ?

ANASTASIE.

Tu ne peux comprendre ça, toi! pauvre ami! Mais je t'ai pardonné. Donc, je ne le veux pas artiste, craignant pour lui *les femmes dont il aurait toujours un collier à son cou.*

MONLARDON, *énervé.*

Eh bien quoi, alors?

ANASTASIE, *se montant.*

Plus haut ! plus haut encore !! plus qu'avocat, plus que médecin, plus que peintre, plus que sculpteur...

MONLARDON, *l'arrêtant.*

J'ai deviné... Rentier !

ANASTASIE, *méprisante.*

Simple esprit, va! Je le veux plus haut que tous par le génie, planant sur l'humanité émerveillée...

MONLARDON, *vivement.*

Aéronaute ? Oui... mais qu'il n'aille pas chez les singes surtout.

ANASTASIE, *sévère.*

Vous divaguez... Je ne vous ferai plus manger de la dinde. Comment, vous ne devinez pas ?. . plus haut que tous... l'œil flamboyant... d'une main tenant son front inspiré, de l'autre désignant l'horizon où volent ses rêves d'azur, et en même temps faisant courir sur le papier des pensées qui dévoreront les siècles futurs.

MONLARDON, *ronchonnant.*

Ça lui fait trois mains, ça ; un phénomène, alors ?

ANASTASIE, *s'exclamant.* .

Poète, enfin !

MONLARDON, *inquiet.*

Poète ? poète... en vers ?

ANASTASIE.

Poète, comme Victor Hugo, Musset, Lamartine

MONLARDON, *renchérissant.*

Paul de Kock... Chose...

ANASTASIE

Alors, c'est convenu... Nous sommes d'accord... il sera
poète.

MONLARDON, *plus inquiet.*

Et il fera des vers tout le temps ? Et ça rapporte, ça, des
vers ?

ANASTASIE

Des millions et de la gloire.

MONLARDON

Bah ! on peut se nourrir avec des vers. (*Riant aux éclats.*)
Comme les goujons... Ah ! ah ! ah ! il est bon celui-là.

ANASTASIE

Il est bête... mais je vous pardonne tout, maintenant, vous
êtes son père ! Heureusement que les fils ressemblent à leur
mère, car j'aurais des craintes sérieuses sans cet espoir. Ren-

dormez-vous une heure si vous le voulez ; moi, je vais achever la besogne commencée en épurant les mœurs de la maison, où le Poète naîtra bientôt... Poète... Poète...

Et elle sortit en levant ses bras décharnés au plafond, tandis que Monlardon se rendormait immédiatement tout en pensant : Poète... j'aimerais mieux pharmacien... ou architecte.

Anastasie s'en fut droit à la cuisine, où Elodie commençait à mettre un peu d'ordre dans le tas de vaisselle employée au dîner de la veille.

Elodie, écoutez-moi... je ne suis pas contente de vous.

— A cause, madame ?

— Je vous parle en ce moment comme une mère, et le cœur plein de mansuétude.

— Ah ! il est plein de...

— Vous recevez des militaires ici.

— Oh ! un pompier.

— L'autre jour, c'était un dragon.

— C'est des pays, ça n'compte point, dit Elodie en montrant une rangée de dents blanches et solides à grignoter tous les cœurs d'un escadron.

— Mon enfant, j'espère pour vous que ça ne va pas plus loin...

— Plus loin qu'quoi ?

— Je veux dire que vous n'accordez rien à ces militaires, généralement hardis, rien de ce qu'une jeune fille doit garder pour son futur mari.

— Ah ! ben ! ça... dame ! c'est m'n'affaire ! j'somm's majeure...

— Malheureuse, avez-vous pensé aux suites possibles de vos débordements...

— De mes débor... C'ment qu'vous dites ça ?

— Il peut vous arriver que... comme moi, mais sans la légitimation sacrée du mariage... vous soyez... vous deveniez... comme moi ; comprenez-vous ?

— Pardine !... oui, que j'comprends, mais j'y pensons point, ça m'gâteriont tout l'plaisir.

— Vous n'y pensez pas !... imprudente ! Mais si ça vous arrivait, que dirait-on chez vous !

— Cheux nous... on dirait : « Alle a fauté !... » Pis v'là tout.

— Mais vous... Elodie... insouciante créature... que feriez-vous ?

— Oh ! moi, ça n'serait pas long, allez !

— Vous vous tueriez, malheureuse ! s'écria Mme Monlardon.

— M'tuer ?... Oh ! non !... je m'ferions nourrice.

Anastasie, d'abord interloquée par la façon dont Elodie envisageait l'accident que rendait probable son amour effréné du casque, Anastasie se dressa sévère, et dit d'un ton qui n'admettait pas de réplique :

— Ma fille, vous ne recevrez plus de soldats chez moi... Je vous le défends ; ma position exige une atmosphère pure de toute souillure, même morale, autour de moi ; c'est à prendre ou à laisser.

Mme Monlardon n'était pas encore rentrée dans la salle à manger que la grosse Elodie, rouge comme un coquelicot, les yeux furibonds, se précipitait derrière elle et lui jetait son tablier aux pieds, s'écriait :

— L'v'là, vot'tablier... j'm'en vas ! j'veux pus rester dans une boîte où qu'on peut pas recevoir ses cousins et pis ses pays d'l'armée d'la cavalerie. Et pis que j'ferons c'que j'voulons et et qu'si ça m'plaît de dev'nir nourrice que je l'deviendrons, et pis qu'en tout cas si j'fautons et qu'jons un p'tit, il s'ra toujours pus beau, ben sûr, que l'crapaud qu'vous aurez.

Et elle sortit en frappant la porte à la briser.

Mme Monlardon resta bouche bée ; la colère et la surprise l'anéantirent d'abord, puis tout à coup elle sentit le sang affluer rapidement vers son cerveau et ses yeux s'obscurcir. Dans un rapide éclair elle crut voir son fils descendre d'un nuage où resplendissait son front nimbé d'or, et subitement se métamorphoser en crapaud, justifiant ainsi la prophétie de la bonne.

Un cri d'angoisse lui monta aux lèvres qui se resserrèrent étranglées pour ne pas le laisser s'échapper ; elle vacilla, tournoya sur elle-même et s'abattit sur le canapé.

Deux heures après, Monlardon la trouva encore évanouie.

A ses cris, les voisins accoururent et parmi eux une sage-femme habitant la maison.

Anastasie revint à elle ; mais, ô désolation ! O sort cruel ! O inconstance des projets humains ! O... tout ce que vous voudrez, l'héritier des Monlardon, informe et gros comme une pomme, gisait sur le plancher, et sa mère éperdue, devant cette constatation faite par la femme de l'art, se révanouit.

. . . .

Cinq mois après.

Anastasie porte des habits de deuil ; rien n'a pu la consoler de la perte du Présomptif, venu trop tôt dans un monde qu'il ignorera toujours.

Monlardon, lui-même, a été touché de cette douleur sincère qui achève de parcheminer les maigres attraits de son épouse.

A deux reprises différentes, en cinq mois, il a voulu se piquer d'honneur, et remplacer l'héritier trop pressé. Coura-

geuses et vaines tentatives ! Le terrible sommeil — ce fléau de
sa vie — l'a toujours arrêté à moitié chemin, et Mme Monlardon
elle-même, lui a dit : « C'est inutile, vous avez fait un miracle
une fois, il ne se renouvellera pas ; n'insistez plus. »

Et Monlardon n'avait plus insisté.

Pendant que Montlardon ronfle, que la bonne tâche de
surprendre à travers la porte des bruits passionnés, que les
voisins papotent, que le monde s'agite, Anastasie, extasiée, relit
pour la dix-millième fois avec une émotion toujours croissante,
l'épitaphe en vers qu'elle a perpétrée en moins de deux mois à
son Théodore :

> Ici repose un grand poète : Théodore !
> Il aurait étonné Paris et l'Univers,
> Mais la mort l'a ravi dès sa plus tendre aurore.
> Ses yeux se sont fermés avant de s'être ouverts.
> > Sa famille en eût été fière :
> > Le destin ne l'a pas permis !
> Repose en paix, pleuré par ton père et ta mère,
> > Regretté par tous tes amis.

FIN

PARIS. — IMPRIMERIE MICHELS FILS, 6, 8 ET 10, RUE D'ALEXANDRIE.

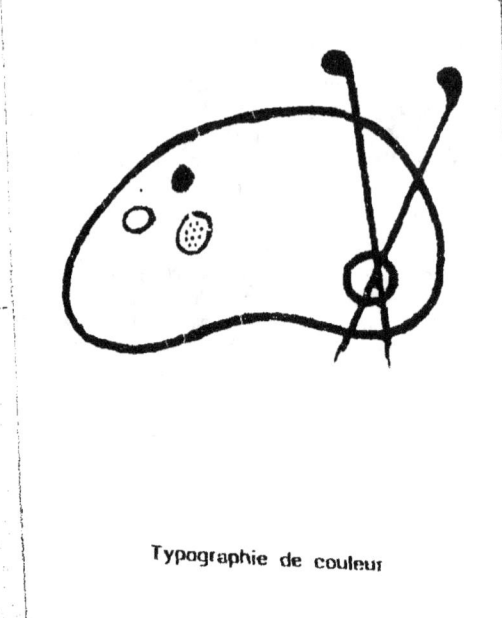

Typographie de couleur